依稀的清风，牵引出她悔恨的曾经

湖光万顷净琉璃

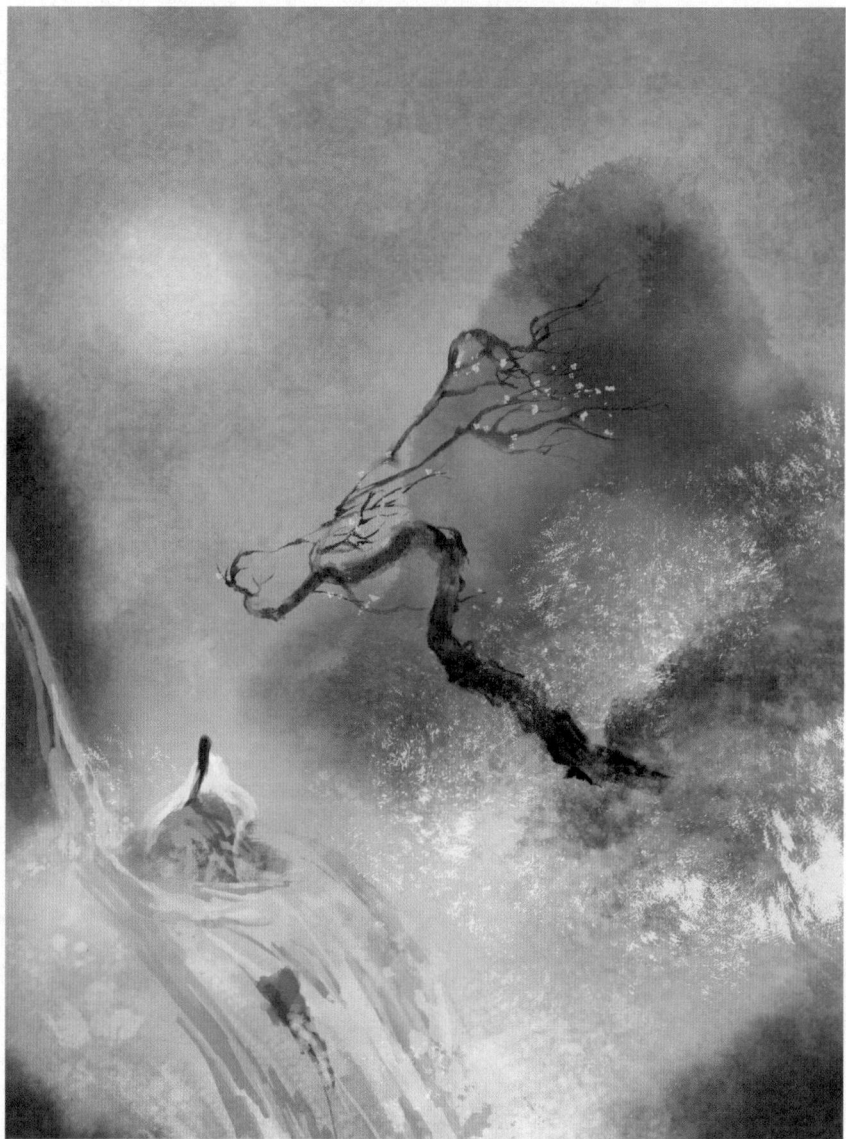

江南梦逸，云水声寒，今生愿做一剪清逸的梅花，
在风雪中傲然地绽放，带着今生的凤愿，带着隔世的梅香

葳蕤的裙裾飘逸着婉转的弧度，
似水的年华摇曳着灵性的风姿

姹紫嫣红，青梅已是旧物；
莺飞蝶舞，春光不似当年

春风润开鹅黄嫩绿的画卷，
一枝梨花带着昨夜的雨露簌簌地洒落

是谁借着流水的记忆弹一曲江南丝竹的清音，
一刹那，又似乎回到那无边风雅的从前

命运如一段繁华的绮梦，
将时光粉饰成胭脂的色调，
在那烛影摇红的夜晚，
酝酿着明媚幽雅的情怀

你途经过我倾城的时光

倾城的时光

白落梅 作品

湖南文艺出版社
HUNAN LITERATURE AND ART PUBLISHING HOUSE

博集天卷
CS·BOOKY

你曾途经了我那段倾城的时光，与我风雨相伴，荣辱相随；

十年江湖十年梦，我亦不忘初心，

依旧是当年那个踏雪寻梅的女子，是一剪清逸的梅花，带着前世的梅香，

经时光冷梦，和你淡淡重逢

你途经过我倾城的时光

此时，案几上莲荷盛放，炉中烹煮佳茗，芬芳满室，竟分辨不出是花香，还是茶香。并非真的岁序安稳，而是人世飘蓬流转，我早已从容无惧。

那是一段倾城的时光，于我，于一个年华刚好，孤身漂泊江南的女子，文字是岁月给予的最美馈赠。当年的我只是一株被世人遗忘于山林驿外的冷梅。不遇知音，无人赏识，落魄江湖，碎银难取。

那些年，无数个夜晚寒灯孤影，所为的并非名利，不过是想要在一座陌生的城市，安静地活着。一茶一饭的烟火日子，于一个寻常人，或许简单；于一个遗世独立的文人，似乎多了一些冷漠与艰辛。

所幸，一切前因，都有果报；一切相遇，皆有机缘。我与央视三台《电视诗歌散文》亦算是情意深浓，缘定今生。年少时，为了一幕美丽的画面，一段深情的朗读，内心久久不能平息。那时间，百媚千红的文字，锦绣如织的前程，与我无关，甚至遥不可及。

后来，一次无意的邂逅，梅花做了良媒，让我得遇人世知音，识我飞扬文采。于是，便有了那个冬天的《踏雪寻梅》，有了《寒山访松》，有了《西湖四韵》，更有了许多风华绝代的佳作。其间，有冬夏春秋，江南塞北，草木山河，亦有世情冷暖，离合悲欢，阴晴圆缺。

有美一人，清扬婉兮。文字若佳人，只因配了音画，温柔亦惊艳。而你们恰好途经了我那段倾城的时光，与我风雨相伴，荣辱相随。这段情意虽已是云烟过眼，但人世山高水长，我自铭记于心。纵是江湖相忘，亦会有光阴的痕迹，擦之不去。

一如《电视诗歌散文》，从曾经的高朋满座，到后来的灯火下楼台，历经十余载。十年，寻找过每一个与诗意相关的瞬间，吟咏了许多首迷人的诗句，以及记录下无数美丽的印象。十年踪迹十年心，十年江湖十年梦，有过十年的风华，当是落幕无悔。

而我得以在文场意气风发，仍不忘初心。将写下的文字，走过的风景，留下的片影编撰成集。当作对过往情意的酬谢，对人世种种的深铭，对山河岁月的感恩。

那些陪我一起修行的人，途经我倾城时光的人，是故人，亦为过客。

我们都在慢慢远离烦喧，淡忘名利，而后洗尽铅华，洁净优雅地老去。昨日的一往情深，自此淡若浮云。

不要再叹光阴虚度，但凡走过的日子，皆是美景良辰。过往的感伤惆怅，孤独忧惧，已是平淡的欢喜。静下来，和山水相遇，与清茶相守，读一本经年的书，听一出老去的戏。

尘世间有一位信任的人足矣，无须太多，免生枝节。日后，我隐居林泉，不问凡尘一切，功利、情爱、恩怨，皆随竹月溪风。我愿清贫无物，守着一间茅舍，月下煮茶，安心养梅就好。

那时，不要再以任何方式与我相遇，人世唯留几卷书足矣。而我依旧是当年那个踏雪寻梅的女子，是一剪清逸的梅花，带着前世的梅香，经时光冷梦，和你们淡淡重逢，再与你们缓缓擦肩。

白落梅

你途经我

倾城的时光

目 录

你途经过我

倾城的时光

你途经过我
倾城的时光

第一辑

一生知己
是梅花

踏雪寻梅

我生在江南，我喜欢梅，不是因为历代文人墨客的喜爱，亦不是因为那些流传千载的诗文，我只是喜欢。喜欢她断然的清绝与令人不敢逼视的风雅，喜欢她素瓣掩香的蕊，喜欢她团玉娇羞的朵，喜欢她横斜清瘦的枝，更喜欢她是月色黄昏里一剪闲逸。那一剪寒梅，从三千年前的《诗经》中走来，穿过依依古道，穿过魏晋玄风，穿过唐月宋水，落在了生长闲情的江南，落在了我的心里。

踏雪寻梅，仿佛是宿命的约定，这约定，期待了三生，穿越万水千山，才与我悠然地邂逅。我踏雪而来，没有身着古典的裙衫，没有斜插碧玉簪，也没有走着青莲的步子。我寻梅而来，没有携带匆匆的行色，没有怀揣落寞的心情，亦没有心存浓郁的相思。我只是来轻叩深深庭院里虚掩的重门，来寻觅纷纷絮雪间清淡的幽香，来拾捡遑遑岁月里繁华的

背影。

　　我拾级而上，漫步在幽静的梅园，立于花影飞雪之间，恍若隔世遥云，浮游仙境。百树梅花，竞相绽放，或傍石古拙，或临水曲斜，那秀影扶风的琼枝，那暗香充盈的芳瓣，无须笔墨的点染，却是十足的诗味沉酣。人入梅林，絮雪埋径，又怎会在意红尘的纷呈变化？又怎会去计较人生的成败得失？如果你选择了宁静，浮华就会将你疏离。

　　雪中寻梅，寻的是她的俏、她的幽、她的雅。那剪寒梅，是青女轻捻玉指，散落人间的思绪；是谢娘彩衣倚栏，观望吟咏的温婉。"疏影横斜水清浅，暗香浮动月黄昏。"疏影暗香，如此高雅的意境，暗合了林和靖悠然隐逸的恬淡情怀。林和靖一生隐居孤山，依山种梅，修篱养鹤。他淡泊名利，绝意仕途，梅为妻、鹤为子，清莹的冰骨、傲然的风节让后人称叹。苦短人生，有几人舍得轻易抛掷；锦绣年华，又有几人不去汲汲追求。纵有高才雅量，也未必能看淡世事的消长，悟出生命的真意。

赠范晔

南北朝·陆凯

折花逢驿使，寄与陇头人。

江南无所有，聊赠一枝春。

　　雪落人间，舞弄如絮的轻影，穿庭弄树，推窗问阁。我飘忽的思绪在无岸无渡的时空里回转，我恬静的心怀在花香酣梦的风景里吟哦。"江南无所有，聊赠一枝春。"梅花宛如知己，将某个温暖的瞬间凝望成永恒。

一枝梅花牵引出如梦般的往事，试问那位遥远的故人，是否还会记得这个素衣生香的女子？折一枝寒梅，寄于故人，若干年后，如果再度相逢，是否还会记得曾经青翠的记忆，记得昨日遗失的风景？天地间，雪花以轻盈的姿态做一次洁白的回想，追思过往，那些苦乐年华，在寻梦者的眼睛里演绎着生命最初的乐章。

卜算子·咏梅

宋·陆游

驿外断桥边，寂寞开无主。已是黄昏独自愁，更著风和雨。

无意苦争春，一任群芳妒。零落成泥碾作尘，只有香如故。

行走在幽境之中，所有的浮躁都会随之沉淀。见地上雪色晶莹，残香如梦，不由得想起陆游笔下的梅花，"零落成泥碾作尘，只有香如故"。在这里，梅花曲折的命运如同陆游坎坷仕途的剪影，这位失意英雄因为梅花的别有韵致而显得更加高洁、深沉。哪怕零落成泥，也不会忘怀她冰雪的容颜；哪怕碾作尘土，也会记得她翩然离去的背影；哪怕繁华落尽，也会永远留存她淡淡的幽香。

亭台楼阁，可见人间春意；清风寒雪，自引庭院幽香。我仿佛行走在千年的风景里，在曲径通幽处寻找古人散落的足迹。冰洁无尘的梅花，以超然脱俗的气韵在翰墨里飘香，以清逸若仙的风骨守护人间至真的纯净。那执手相看的身影，与世无争的高雅，感动着我踏雪寻幽的心灵。也想学古人寻觅清幽之处种梅、赏梅，也想在匆匆流淌的时光里写出千古文章。此处，却成了无字之诗，任由思绪在梅与雪的呼应中畅意游走。

那一片冰雪的世界里，有红装绿裹的孩童，在晶莹的冰层上追闹嬉戏，尽情地放纵。那天真无邪的笑容，那忘乎所以的快乐，是一幅意趣盎然的生活画卷，舒展着他们飞天的梦想。不知谁家的孩子，他年还会来寻觅今日婉转的童真；不知谁家的孩子，还会记得这一次追风逐云的冰上舞蹈。我从来没有这样向往远方，我希望借着鸟儿的翅膀，在碧空无垠的天际，在浩瀚清澈的冰雪中，做一次沉醉忘我的飞翔。

踏雪而来，乘风而去，离合的光影在明亮的阳光下升腾灵魂的舞蹈。或聚或散的梅花沉睡在冰雪的梦呓里，引领我年轻的生命到达春意盎然的地方。寻思古人，同样的赏梅，却有诗人把酒而吟的雅致，却有离人见梅思物的忧伤，更有老者抚今追昔的感慨。一缕诗心，穿越楚辞汉赋，流经唐诗宋词，飞渡千山碎雪，抵达繁华的今世。江南梦逸，云水声寒，今生，我愿意做一剪清逸的梅花，在风雪中傲然地绽放，带着今生的凤愿，带着隔世的梅香。

幽溪咏竹

岁寒三友，翠竹占得君子高名，它没有寒梅的香韵，没有青松的傲岸，却是人间长翠的知音。在风起的绿烟里，琴声婉转，唱其清韵；在沉香的水墨间，淋漓瘦叶，舞尽风骨。

几竿翠竹，或静处山林，做遁世的隐者，白云为伴，山水为邻，不求显贵，飘然忘尘；或独姿庭院，做红尘的雅客，清风弄影，明月留步，不做闺阁的幽叹，也不做萧疏的颓然。它携一身素雪，在天地间往返，汲取的是山水的灵气，滋润的是诗意的人生。

竹里馆

唐·王维

独坐幽篁里，弹琴复长啸。

深林人不知，明月来相照。

　　萧萧翠竹，恍若出世的隐者，幽居深山，淡然隔尘。被誉为"诗中有画，画中有诗"的王维自是比常人更多几分闲情雅致。他远离浮沉的宦海，在幽篁深翠里削竹为笛，又抚琴长啸，借着明月的光影，弹奏四时弦韵，岁月清音，让性情得以豁达高旷，让心灵得以清澈明净。其实人生的起落，只是在意念之间，倘若能抛掷世间浮华，静坐白云生处，翠竹林中，在宁静中寻求平和，于平和中寻求淡定，又何尝不是逍遥、快意的人生呢？生命似流水行云，淡泊世外的王维不为声名所累，不为权势束缚，借着明月竹韵，在杳无人迹的深林参悟悠远的禅意。

严郑公宅同咏竹

唐·杜甫

绿竹半含箨，新梢才出墙。

色侵书帙晚，阴过酒樽凉。

雨洗娟娟净，风吹细细香。

但令无剪伐，会见拂云长。

　　与王维那绝尘遗世的清竹相比，杜甫笔下的竹长在庭院深宅，以供观竹赏景的人怡情寄兴。那嫩绿峭拔的竹梢高过墙院，也高过漫漫诗情。碧色透过窗牖，浸染在书页间，竹影移过之处，连杯盏中的佳酿也是清凉的。新雨明净，洗去岁月的尘埃，微风拂水，涤荡人世的苍茫。一生忧国忧民的杜工部，怀着宏伟的抱负，希望生命似翠竹一般不被世俗摧残，只要拨开烟岚雾霭，就有着直冲云霄的豪迈与旷达。仿佛看到诗人衣袂翩然，伫立在唐朝坚实的大地上，意气风发，看尽天下物事，山川河流。几竿翠竹，寄寓了他波澜壮阔的思想，也丈量了他沧海桑田的人生。

酬人雨后玩竹

唐·薛涛

南天春雨时，那鉴雪霜姿。

众类亦云茂，虚心能自持。

多留晋贤醉，早伴舜妃悲。

晚岁君能赏，苍苍劲节奇。

站在春天莺飞草长的路径，看不到竹子在岁寒时节傲霜斗雪的风姿，却看到江南烟雨敲打翠竹的温润清新。在这万紫千红的时节，万物滋长着生命的性灵，唯有竹子依旧虚心自持，披着一袭绿衣，经年累月，不曾更改。浣花溪畔的薛涛是否裁竹竿为笺，碾竹叶为墨，写就风华绝代的诗篇？多少个春风秋月的日子，她伫立在明月的楼台，遥想当年娥皇女英泪洒斑竹的凄然场景，又回首竹林七贤在山间长醉，将那散漫飘逸的玄风吹拂在魏晋的每一个角落。又一段雪花经年，当薛涛看到庭院间迎霜傲雪的翠竹，又会滋生怎样无言的心境？写出怎样似水的诗章？

洗然弟竹亭

唐·孟浩然

吾与二三子，平生结交深。

俱怀鸿鹄志，共有鹡鸰心。

逸气假毫翰，清风在竹林。

达是酒中趣，琴上偶然音。

竹有凌云之志，亦有隐逸之风。竹虽生长于庭园篱院、山间野径，却又不与世群。素喜山水田园之景的孟浩然，其笔下的翠竹自然是无须雕饰，便可妙趣怡然的。他虽生于盛唐，与平日的深交好友一样，皆怀有鸿鹄大志、济世之心，然仕途之路终见失意。其心淡远，其情超然，其意清迥，淡淡韵致似清泉流溢，这样的他甘愿淡泊世外，隐逸终生。是竹林七贤赋传他高雅的情趣，是明月清风寄寓他恬淡的逸志，是酒中诗境，是琴上知音。正因为孟浩然一生情寄山水，他吟咏的竹也显得清空自在、淡远出尘。

於潜僧绿筠轩

宋·苏轼

可使食无肉，不可使居无竹。

无肉令人瘦，无竹令人俗。

人瘦尚可肥，俗士不可医。

旁人笑此言："似高还似痴？"

若对此君仍大嚼，世间那有扬州鹤！

是谁借着流水的记忆弹一曲江南丝竹的清音，一刹那，又似乎回到那无边风雅的从前。风度翩翩的东坡先生，宛若那萧萧翠竹，挺拔苍翠，临风而立，有着清瘦风流的神韵与摄人心魄的风骨。他择一处山水灵逸之地而居，栽竹种竹，以翠竹为伴，与清风为邻，似闲云野鹤般飘逸无尘。经历了官场浮沉、人生起落的放人苏轼，此时正徜徉于客径。在他眼中，千古才高名士，皆似东流之水；功名利禄，只是过往云烟。唯有千竿翠竹，才可以令他忘却营营，不问尘寰消长。

竹石

清·郑燮

咬定青山不放松，立根原在破岩中。

千磨万击还坚劲，任尔东西南北风。

与东坡居士的清醒相比，"扬州八怪"之一的郑板桥则多了一分难得的糊涂。他居住在有瘦水瘦风的扬州，居住在瘦竹瘦月的庭院，却瘦得有韵味，瘦得见风骨。这儿瘦水藏龙，是名人雅士风云聚会之地，每个角落都飘溢着墨香。他们在山水人文中滋养着性情，一身侠骨仙风，将情思寄托在风物中，画竹咏竹。才高于世，却不慕虚名，只清樽取醉，糊涂于万物之间，深得竹趣，又清名遗世。郑板桥借诗暗喻，其人格屹立在巍峨的青山间，扎根于坚硬的岩石中，纵然风雨飘摇、千磨万击，依旧百折不挠，苍翠挺立。

青青翠竹，离红尘很近，当你远离，它依旧生长在斑驳阑珊的角落；离红尘很远，当你走近，它已消失在如流的人群中。月明清风下，这千竿翠竹，以其清瘦的风姿、俊逸的神采、高洁的品格、深厚的涵养，生长在岁月走过的山峦水畔，给古人寄存淡远的风雅，也给今人留下无言的想象。世间风景天然而成，倘若人生让你半醉半醒，就折一枝清新的翠竹吧，它带有千年依稀尚存的文墨，还有老不尽的诗情和褪不去的优雅风骨。

寒山访松

　　自古以来，被誉为"岁寒三友"之一的青松就有着经寒霜而不凋、遇冰雪而不折的凛然气质。青松虽没有幽兰的风流自赏、清芬宜人，没有水仙的冰肌玉骨、冷艳飘逸，亦无莲荷的淡愁含露、清雅秀美，然而青松能在寒风凛冽之际、万物皆枯之时，迎霜傲雪，郁郁葱葱。世人爱松，爱它在皑皑白雪下的巍然挺拔，爱它在炎炎夏日里的浓荫苍翠，爱它在萧瑟秋风里的淡定从容，爱它在静穆冬日里的蓬勃生机。

　　古人爱松，以松柏喻己不变的天性，青松是真诚伟岸人格的剪影，牵引着人们景仰的视线。在漫长的人生历程中，青松耐寒高洁的品质锤炼出壮美的人格理想，在人们的品咂中闪现共鸣的火花。

咏寒松

南朝齐梁·范云

修条拂层汉，密叶障天浔。

凌风知劲节，负雪见贞心。

范云以精巧的语言咏出寒松的节操与贞心，"修条"与"密叶"乃青松之形，"劲节"与"贞心"乃青松之神。青松傲雪独立，流经千年的岁月依然青翠挺拔。那风雪不动的巍然，那稳若磐石的坚毅，实则寄寓了范云理想的人格。松的魅力，于入尘出尘中，尤为令人神往。有时，雪枝怒展，白甲披身，俨然是立马沙场的武将，飒爽英姿；有时，悠然自处，遁迹白云，仿若形迹飘忽的隐士，不与红尘同步。

咏松

清·陆惠心

瘦石寒梅共结邻，亭亭不改四时春。

须知傲雪凌霜质，不是繁华队里身。

陆惠心笔下的松，更多几分难言的飘逸，犹如雪中独卧的高士。万物荣枯皆有定数，盛衰浮沉不可丈量。青松以其坚韧的品质，在冰雪中锻造着瑰丽卓绝的风景，无须繁华的背景，却有永恒的真淳。这不就是雪中独立，与青松相看两不厌的诗人自己吗？瘦石、寒梅，一样清癯而富灵性。青松却立影重岩之上，铁骨丹心，傲雪凌霜，虽无嫣然留笑的花朵，也无轻烟起荡的纤枝，但穿着青衫的它，就那样立于雪中，云为笠、风为裳，远去红尘，高韵淡然。

松

南唐·成彦雄

大夫名价古今闻，盘屈孤贞更出群。

将谓岭头闲得了，夕阳犹挂数枝云。

　　松的孤傲悠闲更是人生的一大至境。相传秦始皇登泰山避雨于五株松树下，后来封五树为"大夫"。大夫松，虽有奇名，却不为名束，卓尔不群，独然一枝。如此名价，却仍闲于苍茫的山巅，就如同一位成功之士，或处官道，或处利场，虽具名却不弃孤贞。大夫松，不为虚浮的高名，只是将心灵搁浅在熔金的夕阳里，任由光阴消逝得无影无痕，其依然栖居在山岭。想世人身处尘寰，为碌碌功名羁绊，心蒙尘埃，随世流俗，虽饱读诗文仍难以真正觉醒。一旦得势，便为富贵名利拘束，不能持以素往之心。千古人事相仿，将悲喜一次次重复地上演。唯有青松高风亮节的情操，可以涤荡世俗名利的侵扰，在醒悟超脱后寻得半盏闲逸、几分清凉。

长松标

南北朝·无名氏

落落千丈松，昼夜对长风。

岁暮霜雪时，寒苦与谁双。

　　松针落地，寒月敲窗。回首处，人生有失意，世事费思量。依稀记得种植还在瞬间，长成却已有数年。古拙的青松，宛如饱经风霜的老人，独立于苍茫的大地，茕茕之影，谁可与同？日日夜夜的长风相对，岁岁年年的霜雪相摧，千载轮回，不与人说。那千丈的长松，遥挂在断壁残垣，酝酿着卓然离俗的淡泊情怀。苦寒中，凝聚着无奈与失落，孤单地留在岩边，仰望白云来回，空山夜静。萧然在崖边，是谁还在独力支撑岑寂的寒冬，那孤独的背影记载了多少风霜的印迹？在离合悲欢的人生故事里，是谁以清绝的姿态静看月圆月缺？回忆一段与青松相关的往事，仿佛还在昨天。

小松

唐·杜荀鹤

自小刺头深草里，而今渐觉出蓬蒿。

时人不识凌云木，直待凌云始道高。

千丈老松，因久居山林，霜雪浸染，难免心生寒凉。而未长成的小松却期待早日掀去深草，得以拨云逐日。试想为人何尝不是如此，在黑夜期盼黎明，在黎明等待黑夜。刚出土的小松需要顽强地冲出蓬蒿，才能长成凌云的参天大树，拥有巍峨挺拔的气韵。出身寒微的杜荀鹤虽有旷世才华、豪情壮志，然而仕途坎坷，宦海浮沉，他最终只能在冷酷的现实里彻底地清醒。满腔凌云之志，只有寄之翰墨，谱写出岁岁年年不朽的诗章。

南轩松

唐·李白

南轩有孤松，柯叶自绵幂。

清风无闲时，潇洒终日夕。

阴生古苔绿，色染秋烟碧。

何当凌云霄，直上数千尺。

　　与杜荀鹤一样，被杜工部感叹"飞扬跋扈为谁雄"的李白，亦有直
上千尺的期待。只是在生满古苔的角落里阑珊醉去。李白就如这南轩的
孤松，有着翠绿的生命，坚持仰望苍穹，离天很近，又离天很远。他终究
没能若青松般直上数千尺，抵触寥廓的云霄；他终究还是醉倒在迁徙的古
道，令后人叹息不已。大唐盛世，圆不了他的济世情怀；谪仙之笔，填不
满他的追梦之心。

　　同样心存追梦的情怀，却隔着遥远的时空，隔着不同的日月星辰。咏
絮才女谢道韫有林下风之气韵，她笔下的青松因其品、其性、其姿而为人
所赏。

拟嵇中散咏松诗

东晋·谢道韫

遥望山上松，隆冬不能凋。

愿想游下憩，瞻彼万仞条。

腾跃未能升，顿足俟王乔。

时哉不我与，大运所飘摇。

　　高山仰止，遥望中，云漫远山，有松独立，却不能近游，只是在期待
中等待仙人借我仙履，去那松前游憩。在这里，青松成了一种象征，一种
超越凡俗的信念。谢道韫是一道至美的风景，只是没有心的呵护，至美的
风景也只是一种简单的存在。纵有咏絮才华，也会湮没在茫茫的风烟里。
她脉脉的情愫、飘逸的心怀，只能遥寄给亘古长存的青松。

新秦郡松树歌
唐·王维

青青山上松，数里不见今更逢。不见君，心相忆，此心向君君
应识。为君颜色高且闲，亭亭迥出浮云间。

与谢道韫的青松一般，曾遥望，曾相忆，王维诗中的松却是数里不
见，今却相逢。对这日思夜想的松树，画中之境油然而生，是为了松的闲
适与淡然，"亭亭迥出浮云间"的气质。松再次成了隐士，成了诗人心中
思齐的尺度。富贵荣华如同水中清露，功名利禄亦如一纸空文，若能淡泊
世事，与青松为伴，与山水为邻，摒弃烟尘浮华，才是心灵最真的澄净。

悠悠过往，百代浮沉有数；渺渺红尘，沧海几度桑田。纵然兴盛腾
飞，横空出世，也会有低落沉寂之时；纵然衰亡颓败，山河破碎，也会
有风华再起之日。唯有青松，以挺拔的身姿、高洁的品格，虽流经历史的
长河，却依然淡定从容。傲岸的青松，不知承载了多少文人墨客的婉转
情怀。风雪中那一剪茕茕的背影，不朝天子，不羡王侯，也不解读世情
风霜。

松是雪的骨骼，雪是松的灵魂。那寒崖的一株苍松，是风雪中千百年
不变的坚挺，是时光辗转雕琢不去的凝姿，是一图虬枝劲节的写意，是一
笺沉默无声的诗铭。立雪青松，白云为伴，不知承载了多少悠悠往事，多
少阴晴圆缺。

苍松沉睡在古人的诗卷中，汲取山露的灵气，也浸染岁月的沧桑。

无数次承受霜雪的枝叶，遒劲中苍翠依然。雪花凝点，宛如问寒探暖的精灵，在苍松的耳边，年年岁岁，重复着亘古的诗篇。

咏松

现代·陈毅

大雪压青松，青松挺且直。

要知松高洁，待到雪化时。

随手翻阅咏松的诗章，不能不被陈毅笔下的青松所折服。精辟的诗句，诉尽了青松高洁耐寒的品格，也道尽它傲然决绝的风骨。"青松挺且直"，风雪中的青松有一种凛然的浩气，它沉淀了岁月飞扬的热情，象征着陈毅磊落的胸襟，那种雄气蓬勃的张力，与世抗衡的凌厉，令人刻骨惊心，肃然起敬。

我们无法经历曾经的烟尘时代，无法触摸遥远的先人背影，无法彻底地走进深邃的古典意境，而青松灵性的风骨、清高的气度，却可以千秋万载地在岁月长河里流淌。

严郑公阶下新松

唐·杜甫

弱质岂自负，移根方尔瞻。

细声闻玉帐，疏翠近珠帘。

未见紫烟集，虚蒙清露沾。

何当一百丈，欹盖拥高檐。

　　仿佛是在昨天，却真的已历经千年。唐朝的风烟已然淡去，我至今依然可以想象浣花溪畔的草堂中，杜工部的嶙峋瘦影，独自凭栏吟咏着平平仄仄的诗句。大唐天子不知道，这位叫杜甫的诗人有着忧国忧民的济世之心，他不愿像庭院的青松久居角落，不愿庸庸碌碌耗尽诗酒年华。无论是先人还是今人，济世报国之心都不曾更改。千百年来，世道演绎着一样的景象。只是今人已难再有如此雅兴，将追求寄怀于一株青松。杜甫此番之意，实为自荐才华，试图结束多年的羁旅生涯。只是谁的低回会是永远的低回，他需要一方天地以酬抱负，就像青松那盈盈弱枝，终将穿透云霄，抵达人生的高度。

高松

唐·李商隐

高松出众木，伴我向天涯。

客散初晴候，僧来不语时。

有风传雅韵，无雪试幽姿。

上药终相待，他年访伏龟。

　　同是生长在唐朝的土地，同是汲取唐朝的清露，有松根植庭院，期待人世；有松孤独抱云，不与世群。这位情思婉转的无题诗人李商隐，几时放下了"相见时难别亦难"的绵绵情意，和寒松做伴，与高僧相邀？人生聚散，幻化虚形，灵魂在时光的烟火中明明灭灭，唯有几茎虬枝静卧山林，不问离别。李商隐失意之时借青松寄怀，远离烦嚣，等待时机，他相信青松来日必能生成上药伏龟，得遇世人赏识。

松

唐·韩溉

倚空高槛冷无尘，往事闲微梦欲分。

翠色本宜霜后见，寒声偏向月中闻。

啼猿想带苍山雨，归鹤应和紫府云。

莫向东园竞桃李，春光还是不容君。

　　韩溉的松自有天然奇质，那身披翠色的青松，只有在飞雪的逆境中，方能尽显其凌寒的姿色。处于那个年代，韩溉此般出世算是有文人清节的气韵，被视为不事权贵、不从媚俗的谦谦高士。人生若不系之舟，无论是放逐还是追寻都要漂游，世人不可能只守望一株青松，以它的宁静超然为处世之道，也不能只停留在一个狭窄的地方，把起点当作终点，有如等待一场生命的轮回。青松需要岁岁年年霜雪的浸染，才能更加苍劲葱郁，而人生则需要不停地行走，一路修修剪剪，才会臻于尽善尽美。

赠从弟

东汉·刘桢

亭亭山上松，瑟瑟谷中风。

风声一何盛，松枝一何劲。

冰霜正惨凄，终岁常端正。

岂不罹凝寒，松柏有本性。

　　有松喻己，有松赠人。"建安七子"之一刘桢笔下的青松，是为赠其堂弟而写。冰雪中的寒冷是真的寒冷，冰雪中的坚毅是真的坚毅。刘桢愿其堂弟如雪中苍松，在凄风苦寒的逆境中不露畏难之意，在苦闷悲凉的生活里不诉消沉之音。

咏松

宋·吴芾

古人长抱济人心，道上栽松直到今。

今日若能增种植，会看百世长青阴。

依依古道，已觅不见先人飘飘的衣袂，而青松却依然伫立，收存着来往路人遗落的梦。郁郁劲松，在青天下舒展绿色的画卷，给人间添得几许清凉。青松之材，为百世后人遮阳避雨，古人栽松，怀着济世悯人之心，既取人阴凉，自当以清荫留人，千秋万代，来往轮回，才有了百世长青。修善如此，谁还会去叹怨人情薄凉，谁还会去数落世间疾苦？在漫长的人生旅程中，这样的善举会有多少次？这样的感动又会有多少次？

栽松二首

唐·白居易

小松未盈尺，心爱手自移。

苍然涧底色，云湿烟霏霏。

栽植我年晚，长成君性迟。

如何过四十，种此数寸枝？

得见成阴否，人生七十稀。

爱君抱晚节，怜君含直文。

欲得朝朝见，阶前故种君。

知君死则已，不死会凌云。

人与物齐，古人或寻雅而种梅，或慕幽而种竹，或练品而种松。白居易年过四十，对这数寸之枝，回追过去，探看未来，也只能轻轻一叹，世事终难长。"知君死则已，不死会凌云。"行云流水不语，光阴荏苒而过，试问尘寰中有几人可以超脱万物，视功名若烟云？谁又会停止匆匆寻觅的脚步，虚度大好的年华？

是谁将寒冷丢失在远古，今生才得以留存温暖的记忆？是谁将诗歌浅吟低唱，让松风在笔墨里徜徉？遥想当年，历代王朝，称雄争霸，烜赫一时，都付与苍烟夕照，从容的依旧是大自然的真实永恒！这株松，不会为了虚妄的理想而禁锢纯净的心灵，不会为了沧桑的诺言而错过淡泊的今生。它甘愿卧隐山林，高蹈世外，清风卷帘，明月枕头。

岁寒三友

春意梢头，辞却旧岁一岭雪。风光胜昔，喜迎新年万点绿。伴随着晶莹纷呈的雪花，聆听着悠扬绵长的钟声，旧年的些许寒意已被尘封在历史的卷轴里，岁寒三友以傲然的姿态迎接新春的万丈霞光。追忆往昔，人事多聚散；相逢今日，天涯共此时。梅、竹、松，如一缕轻拂的暖风，在古人的诗韵间流淌，在今人的追寻里回转。

东风轻描几许清新的春意，温润的笔墨，在霜裹雪披的天地间，写下梅影数枝。踏雪寻梅，为幽静而往，伴雅兴而回。素蕊粉瓣，在彤影间零落几点残香，恍如幽梦初醒，已是春觉。诗情画意，暗自浮动苍翠的幽篁，几茎修竹，悄然合奏着春天的旋律。寒山岩角的青松，以一种展望的姿态，随经风声的过往，在盈盈的故事里，浅弹一曲无弦的乐章。

岁寒中，那冰雪琼白的琉璃世界，存留着生命的忠诚。三个坚贞不屈的挚友，三个不畏风霜的君子，三个含笑比立的隐士，在千古流传的文章里，在恣意徜徉的水墨间，轻轻讲述着他们苦乐与共的年华。

渔家傲·雪里已知春信至
宋·李清照

雪里已知春信至，寒梅点缀琼枝腻。香脸半开娇旖旎，当庭际，玉人浴出新妆洗。

造化可能偏有意，故教明月玲珑地。共赏金尊沈绿蚁，莫辞醉，此花不与群花比。

梅花香自苦寒来，千枝瘦影，漫溢暗香，古人的咏梅诗句中，也是千篇清瘦，瘦而不馁，香而不媚。梅花俏皮而又含羞地开在桥头、小院，犹如窥视冬天心事的孩子，用烂漫无邪的心灵，以清绝神逸的花萼，傲立在风雪中。

含羞的玉朵，不时惹得北风吹拂衣袂，将那漫天的花香清影，记载在白色无瑕的素笺之上，留给踏雪寻雅的诗客，留给临枝弄舞的翠禽，留给追梦寄怀的智者，也留给失落孤独的旅人。轻盈的花瓣宛若依稀缥缈的往事，将愁绪搁浅在久远的日子里，存留的只是温暖的回忆。

临江仙·探梅
宋·辛弃疾

老去惜花心已懒，爱梅犹绕江村。一枝先破玉溪春。更无花态度，全有雪精神。

剩向空山餐秀色，为渠著句清新。竹根流水带溪云。醉中浑不记，归路月黄昏。

梅花，虽清瘦羸弱，却也深沉凝练。仅是萧疏中散落的几枝，却可以似铁戟怒指，向冰雪叫叹，在季节的更替里，承上启下，一呼天地锦绣，身落万点春情。凌寒傲立的秀影，不须雕饰的瘦枝虬茎，消融冰凌的凝固。

立在小院，倚着墙角，悄悄地舒展粉朵，默默地倾诉心事，既无春芬的盛艳，也无秋香的冷落，却在冰雪的梦呓里纯净，在北风的凛冽中顽强。面对千山绝迹的雪图，梅花依旧傲雪独开，那无畏艰难的大度情怀，抗衡冰重的执着信念，探询着生命的底蕴，也抵达了岁月的高度。

梅花绝句
宋·陆游
闻道梅花坼晓风，雪堆遍满四山中。
何方可化身千亿，一树梅花一放翁。

梅花却又不似松竹只是长翠的衣衫，只是挺拔的身影，在人生况味的背景里，于四季辗转的轮回中，抖动寒冬的余韵，不曾繁华，也不曾萧索。那亭亭的芳姿，不失绽放的凌厉，无意谢去的从容，自有谈风傲骨的清节，在流逝的时光里，悠然化尘，不问残香。

松

唐·陆肱

雪霜知劲质，今古占嘉名。

断砌盘根远，疏林偃盖清。

鹤栖何代色，僧老四时声。

郁郁心弥久，烟高万井生。

雪间寻梅、雨中听竹、雾里看松，最得岁寒三友之神逸。梅品知清韵，竹品正人节，松品端衷心。寒松立于岩石崖畔，挺拔参天的身姿，听风卧雪，与云漫步。更多的时候，青松犹如没入云丛不露心意的隐者，在山雾氤氲的幽境里，在絮雪攀附的寒意中，与高僧相邀谈禅，不求尘间名利，不为人世封侯，只愿长隐山林，此生无悔。

寄题朱景元直节轩二首（其一）

宋·杨万里

见说幽居似渭川，一川修竹雪霜寒。

如何剪得苍苍玉，乞与诚斋作钓竿。

青青翠竹，占得君子高名，也尽邀才子佳句。在悠扬的琴声中弹唱其清韵，在沉香的水墨里显露其妙境。古人爱竹，阶前种植数株，墙壁展挂几幅，倚轩相望，立影相携，缅怀红尘的旧事，写意抒情的诗章。淡淡凉风，涤荡人间尘埃；萧萧竹叶，吹奏天籁清音。百代过往，唯独翠竹青青，携一身素雪，辞去旧岁，喜迎新春。

　　岁寒三友，流经诗里、步入画中，在婉转的琴弦上跳跃，在曼妙的舞姿里翩跹，尽现一片祥瑞的景致。梅花、翠竹、青松，各有其性，却都有凌寒不凋的高洁，于春风、夏雨、秋阳、冬雪中滋生风骨，不以境移，亘古长存。飞雪迎春，天地人和，唯我一点梅心，半阕竹韵，几剪松骨，抒写风流时岁，长歌盛世太平。

你途经过我

倾城的时光

第二辑

淡妆浓抹总相宜

西湖四韵

是谁撑一把油纸伞，穿过多情的雨季，寻觅江南繁华的旧梦？

是谁品一盏清茶，倚栏静静地远眺，等待那朵寂寞的莲开？

是谁乘一叶小舟，在明月如水的霜天，打捞匆匆流逝的华年？

又是谁折一枝寒梅，书写俊逸风流的诗章？

西湖，明净如玉的西湖，那柳岸花堤上，是否徜徉着古人黯然的背影？那池亭水榭间，是否收藏了昨日遗失的风景？

（一）苏堤春雨

饮湖上初晴后雨
宋·苏轼

水光潋滟晴方好，山色空蒙雨亦奇。

欲把西湖比西子，淡妆浓抹总相宜。

　　烟雨漂洗的西湖，宛如一幅清新淡雅的水墨画，温润的色调、幽淡的芳香，古往今来，萦绕过多少路人追梦的心怀？

　　岸边聚集着喧闹的人流，湖心却是画影清波。空蒙的烟雨倾泻在低垂的柳条上，摇曳的波光撩开一湖动人的涟漪。当目光迷离的时候，梦境也徜徉起来。远处的断桥横落在湖与岸之间，流转的回风仿佛穿越千年的时光，那个被悠悠岁月洗濯了千年的传说，清晰而玲珑地舒展在西湖的秀水明山中。桥其实并没有断，断的只是白娘子与许仙一世的情缘。那一柄多情的油纸伞，是否可以挽留他们匆匆流逝的旧梦？

　　千年的情结早已注定，留存的却是永恒的传说。那些撑着雨伞、站在桥上看风景的人，又将落入谁的梦中？

　　云烟浸染西湖杨柳的清丽，朝霞催开苏堤桃花的艳影。过往的路人，穿行在石板路上，他们抖落一身的烟尘，将恍惚的时光寄存在短暂的雨季。

那一袭青衫、儒雅俊逸的身影是苏子吗？还忆当年，他与朝云泛舟西湖，清樽对月，新词娇韵，不尽缠绵。奈何岁月飘零，佳人已逝，空余他漂萍行踪，伤情缚梦。

千古绕愁之事，唯独情字。旷达豪迈的苏东坡，纵然才高可笑王侯，倘若不遇朝云，更无知音，又怎会有那般俊采风流？"伤心一念偿前债，弹指三生断后缘。"他怀念的还是旧时的明月，那弯如钩的新月，一半是离，一半是合。多情的始终是那望月的人。

行走在悠长的苏堤，是谁，一路捡拾着明明灭灭的光阴？可是，又能寻找到些什么？纵然沉落西湖，又能打捞到些什么？

（二）西泠夏荷

苏小小歌

南朝齐·无名氏

妾乘油壁车，郎骑青骢马。

何处结同心，西陵松柏下。

梦若青莲，在西湖的波心徐徐地舒展。岸边有悠然漫步的人，亭中有静坐品茗的人。他们借着西湖清凉的景致，消磨着闲逸的时光。那悠悠碧波，映照着城市高楼的背景，杭州这座被风雨浸润了千年的古城，生长着无尽的诗意与闲情。

　　清澈的阳光柔柔地倾泻在湖面，轻漾的水纹，撩拨着谁的心事？一叶小舟停泊在藕花深处，静看月圆花开，世海浮沉。此时，搁浅的，是它的岁月；寂寞的，又是谁的人生？

　　那晶莹的露珠，是苏小小多情的泪吗？"妾乘油壁车，郎骑青骢马。何处结同心，西陵松柏下。"遥想当年柔情似水的一幕，苏小小与阮郁那一见倾心的爱情，西湖仿佛又添了一抹温馨的色彩。

　　繁华如梦，流光易散。多少回灯花挑尽不成眠，多少次高楼望断人不见。她最终还是尝尽相思，错过了花好月圆的芬芳。

　　"生于西泠，死于西泠，埋骨于西泠，庶不负我苏小小山水之癖。"西湖的山水，滋养了苏小小的灵性。这个女子，书写过多情的诗句，采折过离别的柳条，流淌过相思的泪滴。在庭院深深的江南，月光为她铺就温床，那无处可寄的魂魄，完完全全地融进西湖的青山碧水，也许只有这样，才可以抚慰她入世的情怀，不负她一生的依恋。

（三）碧湖秋月

忆江南

唐·白居易

江南忆，最忆是杭州。

山寺月中寻桂子，郡亭枕上看潮头。

何日更重游？

凉风惊醒明月，红叶染透青山。缥缈空远的钟声在山寺悠悠回荡，桂花香影飘落在青苔石径。黄昏掩映的山水画廊，给西湖留下了一轴无言的背景。

那些在夕阳西下临风赏景的老者，身旁别一壶桂花佳酿，悠闲淡定，他们追寻的是一种空山空水的意境。那些在月夜霜天泛舟湖上的游人，手中捧一盏西湖龙井，优雅自在，他们品尝的是一杯意味深长的人生。

湖中映照着城市炫目的街灯，那一片流彩的天空，装点的是今人的思想。西湖上明月遥挂，波光隐隐，流淌在故事中的人物依旧清晰。

"欲将此意凭回棹，报与西湖风月知。"那一袭清瘦的身影，是落魄江湖的白居易吗？他几时看淡了名利，寄意于山川水色之间，留情在烟波画影之中，做了个寻风钓月、纵迹白云的雅客？也许，只有西湖的山水才能解读他半世的风霜。

清凉的季节，语言失去了色彩。寂寥的岁月，山水遗忘了诺言。西湖的秋月，则选择了沉默。

（四）梅园冬雪

山园小梅

宋·林逋

众芳摇落独暄妍，占尽风情向小园。

疏影横斜水清浅，暗香浮动月黄昏。

轻盈的雪花洒落在如镜的湖心，那冰肌玉骨，瞬间在水中消融，消融为西子湖清透的寒水，点染着诗人灵动的思绪，成就了"疏影横斜水清浅，暗香浮动月黄昏"的花魂诗境。

湖边晶莹的白雪，璀璨如星珠点缀苍穹的倒影。在水天晴光的交汇里，那一瓣瓣临雪悄绽的素蕊，用清香弹奏一曲千古词韵。

风也有影，它走过西湖的春秋，在寂寞的黄昏里，带上彩霞的叮咛。薄冷的梅花，枕着月光的孤独。那曲醉人千回的笛吟，拂开冬夜的静寂，流溢着疏梅的暗香。放鹤亭中，还有一位清瘦的诗人，在梅妻鹤子的闲逸里，静守这段心灵的宁静。就如同月色守候西湖，千百年来，沉静若水，却流转着不变的碧波清音。

那雪堤柳岸之畔，是谁枕着诗风词韵，舒展今时的灵感，在古意盎然的西湖寻寻觅觅，又在繁华的都市里走走停停？

书文尽而心未绝，冰弦断而遗有音。昨天，已随彩霞点画的湖波，沉睡为一朵披着月光轻舞的莲。今日碧波泛漪的西湖，如长笛边一曲被沉淀了千年的旧韵。许多古老的记忆已经无法拾起，垂柳下那一叶漂浮的小舟，划过了明净淡泊的人生。

　　远去的还会走近，等待的不再漫长。徜徉在西湖四季婉转的梦里，梦里，还有那抹不去、老不尽的江南。

惠州西湖散怀

　　仿佛是从一片春光赶往下一道杨柳依依的岸，不知走过了第几座桥头，叩问了多少缄默的文明，才抵达了惠州西湖的脉络里。

　　关于惠州西湖，许多的诗歌沉醉于浮华的表达，许多人的命运被悄然搁置。流水将光阴拉得好长，惠州人的梦就是从水边开始的。

　　一湖深邃漂洗悠远的心。惠州西湖，如同一个典雅古老的青花瓷瓶，温婉的弧度，收藏了绿水青山的锦绣风华；小小的乾坤，盛载着日月星辰的千年灵韵。

　　历史的轻烟拂过岭南大地，千古江山沉淀了太多的兴废，世事沧桑早已尘封在寂静的时光里。今日的惠州，被西湖的水滋润得更加丰盈透彻。

寻常的日子里，一些赶路的商贩挑着新鲜的水果在繁华的街道来往，一些闲逸的老者津津乐道着这里的风云旧事。他们朝拜了古老的文明，又在洋溢着现代气息的都市过着五味俱全的生活。

环湖遍开的紫荆花轻烟浮影，两相竞艳，倾斜的秀枝镶嵌在湖水的碧波里。落花满径的石板路上，有细碎的阳光从树叶的缝隙间漏下来，轻轻灼痛你的思想。

一座石桥悠然地静伫在云雾深处，任大自然的风烟冲洗它曾经的悲喜。烟霞桥上看风景，人生如同流水一样地活着。唐宋的风骨、明清的烟雨都在时光中淡去，只有桥头那两株不染世尘的连理红棉两两相望，温情脉脉地守护着明媚鲜艳的爱情。

行走在孤山，赏阅的是今时的风景，追寻的却是古人的遗迹。风采俊逸的苏东坡衣袂凌风，手执诗卷，漠漠地看着来来往往的芸芸众生，深情地凝望咫尺天涯的朝云。浮生若梦，纵然他一时豪杰，评点江山人物，终究落得背负行囊于客径，风霜染鬓。踌躇于旷野，暂将身寄的是西湖；萧然在楼头，红袖添香的唯有朝云。

赠朝云

宋·苏轼

白发苍颜，正是维摩境界。空方丈、散花何碍。朱唇箸点，更髻鬟生彩。这些个，千生万生只在。

好事心肠，著人情态。闲窗下、敛云凝黛。明朝端午，待学纫兰为佩。寻一首好诗，要书裙带。

明月如水，烛影摇红，雕花的窗棂掩不住深院依稀的杨柳。这样的美景良宵，红牙檀板即兴填词，隔着朱楼水榭，隔着碧云烟渚，衣香鬓影是属于两个人的，姹紫嫣红也是属于两个人的。

蝶恋花

宋·苏轼

记得画屏初会遇。好梦惊回，望断高唐路。燕子双飞来又去。纱窗几度春光暮。

那日绣帘相见处。低眼佯行，笑整香云缕。敛尽春山羞不语。人前深意难轻诉。

低红的杏花雨，轻浅的菡萏风，临一阕新词平平仄仄地弹唱。弦音回转，梦境如开，醒来却已是沧海桑田。有一种尘缘叫似水流年，有一种宿命叫碧海青天。也许红颜在她最美的时候离去才是最好的归宿，朝云便是如此。

朝云离世，东坡将她葬于孤山南麓栖禅寺大圣塔下的松林之中，并在墓上筑六如亭以作纪念，写下千古楹联"不合时宜，惟有朝云能识我；独弹古调，每逢暮雨倍思卿"。

氤氲的暖意不可追忆，那一对熠熠的红烛，油芯燃尽时，终躲不过成灰的宿命。多少次午夜梦回，朝云衣裙尽湿来到东坡面前，询问其缘由，答道："夜夜渡湖回家所致。"梦醒后，东坡大为不忍，故兴筑湖堤，静待朝云入梦。明月清影，照见美人裙裾行迹无声地来去，那幽幽窗棂间关不住芭蕉滴雨、深院花痕。

悼朝云

宋·苏轼

苗而不秀岂其天，不使童乌与我玄。

驻景恨无千岁药，赠行惟有小乘禅。

伤心一念偿前债，弹指三生断后缘。

归卧竹根无远近，夜灯勤礼塔中仙。

东坡一生中最温暖的日子就这样过去了。那些日子短得就像只是春天与秋天的距离。镜里红颜已逝，梦中浮名抛散，只有多情的烛影在诗风词意间摇曳着叹息。明月轩窗外，谁还会涉水而来，叩响重门上生锈的铜环？如若可以，能否再一次为你烘干被风露打湿的裙衫？

遥远的地方其实并不远，仰望苍穹，巍峨峭拔的玉塔孑然独立，千百年来，它收藏着西湖的山魂水魄，只留给明月风一样的背影。那些在清波柳浪下听琴赏月的人去了哪里？旧时的明月太高太远，今人的目光无法企及。

暮烟轻笼，西湖的景致越发朦胧起来，几缕薄风载着云梦般的世事远去。月光已不知何时移进了古典的窗牖，明净无尘的书案上摆放着一壶清茶、一卷诗书、一炉轻烟袅袅的熏香，它们历经了岁月的漂洗流转，一怀风骨却依然至真至性。

　　人生是一局未下完便禅寂的棋，你看得出棋子的寂寞，又是否能悟懂人生的寂寞？有的人临池翰墨，烟云舒卷，无非是浇胸中块垒；有的人金戈铁马，驰骋疆场，有收复河山的豪迈气概；有的人借着西湖的水，滋养灵性，在蒹葭苍苍的岸边，吟咏几阕"所谓伊人，在水一方"的诗行。

　　结束一个故事是为了开始另一段故事。闪烁的光阴划过风云变幻的时空，烽火硝烟、刀光剑影的年代早已尘埃落定，那些被浪花淘尽的英雄永生在历史深处。旧时遗韵在风烟中散去，许多的事物都染上了苍苍郁迹，惠州西湖却是千年后仍然生动婉转的辞章。

　　流水碾过时光的长廊，一代又一代王朝在这里过渡。烟水的苍茫也是世间万象的苍茫，纵然梦回前朝，仍摆脱不了过客的命运。明月装饰的湖泊，将人生弯曲成一个优美的弧度。淙淙潺潺的日子里，是谁拾起一枚禅寂的红叶，记载惠州西湖流淌不息的春秋？

烟雨太湖

（一）

　　赶赴太湖的烟雨，就像赶赴一场前世未了却的约定。这约定过尽千帆，让我在苍茫的世间涉足了三生，才抵达那个收藏云烟的角落。生命的静止，只有在雨落的时候才会呈现出岑寂的底色。

　　人说，山水总是长在心脏的位置，蹚过时间的河流，就能寻觅到那个有梦的地方。我从隔世的遥远时空里，踩着命运深浅不一的纹路，却走不出一段成熟的岁月。

　　所有的路都被烟雾层层封锁，穿过去了，便会荒芜红尘的归路。而我是应该继续行走，还是应该驻足遥望？也许丢落一些沉浮的细节，在红叶染尽青山的时候，我能缓步归来。

其实，世间所有的路都相似，此岸与彼岸也只是隔了一缕不算太长的雨线。而我可以将苍凉写成美丽，将寂寞舞成春秋。

（二）

泛太湖

清·吴昌硕

野垃投荒三四间，渡头齐放打鱼船。

数声鸿雁雨初歇，七十二峰青自然。

空气中氤氲着湿润的气息，乳白色的轻烟在云端变幻，清透的雨丝镶嵌在青山碧水之间。偶有伶仃的飞鸟掠过翠绿的枝头，在迷茫的烟雨中，寻找着属于自己的方向。而我没有停留，一直向前。

雨中漫步，滋长着妙不可言的闲情。流水过处，潺潺着无边无际的忧伤。山间的叶子无声地飘零，草圃的石榴兀自地红着，湖中的青莲寂寞地睡着。也许，只有这个时候，我才能搁歇脚步，让心灵娉婷。

端坐在石头上看睡莲，白色、紫色、红色、黄色，披着自然的彩衣，舒展着细致的朵儿，诉说着梦的呓语。荷花舞动着另一种清雅的风情，白色花朵静落在万千的莲叶间，以雪花的姿态，做悠长的怀想。亦有粉红的肌肤、黄色的花蕊、绿色的骨头，在湖泊中投着潋滟的清波。雨露落在莲朵上，澄澈的水珠在荷盘上流溢晶莹的色调，像是江南女子多情的泪珠，剔透中渗着入骨的清凉。

关于睡莲与荷花，仿佛纠缠了我一生太多的情结。我的灵魂寄存在她的开合间，每个黄昏，丰盈的心事就会渐渐地消瘦。想来，莲荷终要褪尽，人生终要落幕。世事的忧伤就在于此，太轻难免虚浮，太沉难免负重。待到老去，所有的一切都遁迹。

沉默的季节，语言失去了色彩；寂寞的岁月，山水遗忘了诺言。

（三）

太湖秋夕

唐·王昌龄

水宿烟雨寒，洞庭霜落微。

月明移舟去，夜静魂梦归。

暗觉海风度，萧萧闻雁飞。

烟雾迷茫，浩渺的太湖看不到尽头，青山无言地隐去。凉风吹过，湖中漫起了一圈一圈的螺纹，雨落在湖面上溅起浅浅的水花。绿色的水藻漫在岸边，静穆的绿、沉淀的绿、流动的绿，空气中弥漫着绿色的芬芳。

湖中央有一座仙岛，渡船过桥，便是太虚幻境。觅一艘木舟上岛，撑船的老者披蓑戴笠，脸上的皱纹如同犁开湖水的浪花。坐在船上，便觉身轻，低头望水，尘间沾染的浮躁归于沉静。

迷雾之中有七桅古船，从旁边驶过，朝着远方，渐渐地只剩微蒙的背影，让你久久地怅然。一路风雨兼程，不知何时才能抵达停泊的港湾。

此岸越远，彼岸越近。岛上的楼阁与古塔愈渐清晰，烟云笼罩，恍如蓬莱仙境。下船上岸，不再回望来时的方向。岸旁停靠几只捕鱼的小船，船上的渔民卖给游客一些捕捞的湖鲜。一蓑风雨，见证着他们无怨无悔的人生。凭着这感触，眼眸有湿润的潮汐在涌动。

古典的桥梁横在湖与岸之间，长廊里流转着淡淡的回风。眺望远方，只有一种颜色，叫苍茫。穿过此桥，也许可以寻得一生的去处！

（四）

湖畔有几位在烟雨中垂钓的老者，腰间别一壶老酒或浓茶，真是别样闲情。人之将老，恩怨情仇皆消，也许只有晨事渔樵、暮弄炊烟的古老意境更能够修身养性。

柳条在风中轻舞，纤柔的身姿曼妙着翠绿的年华。飞鸟在雨中的楼阁上静默着，木质的水车不知疲倦地吱呀转动，重复着远古的歌谣。

山中松针铺地，翠竹丛生，许多不知名的野花散落在潮湿的地上，踩上去，心也变得柔软。斑斓的叶、诱人的果、清脆的鸟鸣、啾啾的蝉语，聚集着漫天的烟雨，在天地间举行一场五彩的欢宴，令寂寞也生花。

驻足在绿苔滋生的石径，看变幻的云彩流散，看湖中的波光粼粼，看如丝的细雨飘洒。远处的山峰没入云霄，近处的山峦凝翠滴绿，还有那烟波浩渺的湖泊、悬崖石壁上的松柏、山谷幽邃的清溪、清风云岭的道观。置身在这样如梦般的雾霭迷岚之中，怎能不惊叹造物者之神奇！该要何等的气韵，才能造就这万物的精灵纯粹？

人在自然间行走，就会像倦鸟一样，想寻找属于自己的巢穴。只是，空山空水，非岸非渡，离开了自然，哪里去寻找纯净的真实与永恒？

（五）

缥缈空远的钟声敲醒梦中人，道观坐落在仙岛之顶，云雾深处。我顺着天阶行走，才可抵达太虚幻境。山涧流泻着飞泉瀑布，落花在回溪里轻灵流转。拾一枚石子投入水中，看波光久久地荡漾，直到了无痕迹。

一入道观，轻烟缭绕，有香客正点香往不同的方向朝拜。门前几株老树，因岁月的侵蚀落下满目疮痍的旧痕。这给道观增添了几许苍凉凝重的色调。

踏入木质门槛，几位年轻的道士手执拂尘，坐在里面为人占卜算卦。

平日里我只知道文字的寂寞，又何曾读出了人生的寂寞！他们的年华被封存在高墙深院中，寂寞了人生，也寂寞了经文。

墙壁上雕刻着道家的人物图案，一身的仙风道骨，荡涤着世俗的尘埃。登楼远眺，烟雨之中，天地苍茫，群山静默。曾经蚀骨的伤痛与忘形的快乐都已忘记，不知这是一种迷失还是一种新生。

短暂的邂逅可能是瞬间，也可能是一生。

（六）

归去的路是来时的路，亦非来时的路，依稀记不得了。

雨露穿成珠帘从枝丫滴落，像一粒粒澄澈的心，像会说话的精灵。暮色低垂，湖中波光散尽，飞鸟隐去，渔人归家，只有垂钓的老翁还在闲对山水，饮酒自乐。

岸边有随意横放的木舟，撑船的老者抽着竹烟杆等待稀疏的人流；也有整齐停泊的大船，欲载归岸的游客。虽无来时闲逸的心情，却依然乘木舟过湖。虽无斜阳相伴，却棹得烟雨归来。

无法结庐而居，不得皈依山水禅境。沿着潮湿的湖畔，采一枝荷花，在烟锁的山径，不知归路，不知归期。

我只是太湖中无数行者中的一个，无须谁记得我是否来过，又是否走了。只是，太湖的烟雨让我忆起了前世丢失的梦，而今生却还在梦里穿行。

就让我采集荷盘清露，酿一盏莲花佳酿，封存在岁月深处。在山水之间举起脆弱的生命之杯，哪怕年华老去，哪怕美丽荒芜，也要畅饮人生！

寻梦边城

寻找边城，就像寻找一条无声的河流，在湘西古老的渡口停歇。璞玉一般的边城被时光遗忘，又被岁月风蚀。如今它宛若出岫的朝霞，打开封存千年的长卷，用洁净的山水、黛青的瓦房、质朴的笑脸填充着外来者的故事与行囊。

有些人在斑驳的老墙上，细数凤凰流逝的岁月；有些人在平静的沱江上，寻找凤凰过往的瞬间；有些人在潮湿的石板路上，追忆凤凰行去的旧梦。在此之前，不曾有惆怅的理由；在此之后，不再有漂泊的借口。

行走在古桥的回廊，静静地感受着边城朴素的风味与格调。虹桥的长度也是人生的长度，它的距离是此岸至彼岸，你可以停留在一端，也可以来来往往，却永远无法穿越。站在虹桥上，听着时光流淌的声音，你的眼中唯有桥下的碧水，而不再是桥本身的内涵了。

看桥下来往穿行的过船，那么多摇桨的手，你不知道哪只手是在挥别，哪只手是在召唤。无论他们朝着哪个方向前行，都是沿着各自向往的轨迹行进。你所能做的依旧是停下，眺望，任阳光从不同的角度倾泻在桥上。那凝聚着智慧与博爱的阳光，不带任何尘埃与纷扰，完完全全地洒落在边城每一处有风景的地方。

看似烟火人间，又似无尘境界，徜徉在红尘的边缘，回首那段明月的从前，只是短暂的瞬间，感觉昨日已成今日的遥远。你倚在吊脚楼的窗前，我坐在流水的身边，纵算一生相看无言，我也要守着这段古老的情缘，一直到永远。

《烟火人间》

沱江边弥漫着缭绕的乳雾，许多内敛的美丽在这里深藏。边城的人文历史，边城的风情故事，边城的源泉命脉，都是从沱江的水开始的。这是灵秀之水，它养育了一代又一代的边城人，浸洗他们质朴的灵魂。这是智性之水，它可以载舟，也可以覆舟。它给仁者以辽阔，给愚者以狭隘。

那些站在船头歌唱的苗家姑娘，美妙的歌声、纯净的曲调消融在一山一水中，让南来北往的游人沉醉在其间不愿醒来。那些摇橹的船工，在沱江上风雨一生，直到磨尽最后的光阴。一艘艘漂浮在水上的小舟，为过客停泊，也为过客漂流。它可以划过沱江昨天的故事，还能划过边城未来的梦想。

　　江岸边歪斜的吊脚楼装饰了凤凰的梦，有的人在染尽岁月履痕的小楼守望，有的人将叹息挂在了屋檐下的窗棂上。在水中的倒影里寻找当年的历史陈迹，古朴的旧物，清透的江水，一如平常的想象，却有着清醒的震撼。穿越时空的界限，捕捉曾经的光与影，重现过往的春与秋。

　　思想被旧景深深地撞击，温柔的水也有了锐利的锋芒，它刺向远古的记忆，剥析真实的历史。关于吊脚楼有许多丢落的片段，它们被江水淹没，也被江水承载。你可以多情地打捞，也可以淡然地撒手，记起或者遗忘，都不重要。这里为你开启的还是一样的风景，一样的明天。

　　这是边城的烟雨，带着湘西古老的记忆，带着沈从文笔下的传奇。行走在潮湿的青石板路上，纵然丢失了你自己，也能感受到翠翠当年的呼吸。在人生转弯的路口，有太多的萍散萍聚，如果有一段美丽的相遇，请你一定要好好珍惜。

《烟雨石巷》

　　跳跃的思绪被石板路拉得好长，深深的巷陌仿佛潜藏着许多古老的秘密。烟雨落在青瓦上，顺着屋檐滑下了一些过往的尘土。有时候，烟雨比阳光更有力量，它可以穿透云雾的幻觉、山水的诺言，用温润和清绝摄取人性柔软的情感，又用潮湿和含蓄收藏心灵颤抖的故事。它给你熟悉的感动，又给你迷离的清醒。

　　行走在石板路上，于简洁的旧物中寻找至美的风景，仿佛多了一份平实的内蕴。石板路似乎是一位从岁月深处走来的老人，叙说着往事，平淡祥和，甚至连叹息都不曾有。那些来边城寻梦的人，身影与身影擦肩而过，灵魂与灵魂相互叠合，将故事与情感刻进青石板路上。每一块青石，都镂刻时光的痕迹，记载历史的风云，也凝聚人文的精粹。多少年来，保持理性的缄默，收藏着每一个路人淡淡的牵怀。

走进古朴的老街，就如同走进凤凰灵魂的最深处，这些来自古城内在的影像，是许多人穷其一生的主题。苔藓攀附的墙角，呈现墨绿色的旧痕，揭开这些斑驳的记忆，让生命重新在阳光下鲜活。狭窄的老街摆放的都是带有民族风情的染坊、酒坊、银坊，还有让人目不暇接的小吃。

一位卖姜糖的老阿婆将边城人清甜的生活也融进姜糖里，她额头的皱纹是那么美丽，美丽得会让你感到有一种慈祥的安宁，又有一种沧桑的疼痛。当心与心不再有距离的时候，感动成了唯一的温暖。站在路的尽头，看阳光与烟雾交融着不舍的情结，看眼眸与心灵传递着难言的眷念。恍然明白，有多少前尘过往，就有多少蓦然回首；有多少人情世故，就有多少离合悲欢。

酡红的夕阳点亮信仰的火把，燃烧众生蛰伏已久的渴望。一条红色的河流将整个凤凰染醉，许多铺展的意象汇聚成智者的思考。站在古老的城墙上，看远处巍巍的南华山于淡定中蕴藏的坚毅，看黄昏薄暮下满江浮动的船橹，看那些挎着竹篮行走在青石路上的苗家姑娘，看对岸河流上那些挪动脚步的纤夫。

这样质朴平淡的生活，一点一滴的细节，如同微澜的水纹，氤氲的乳雾，缓缓地渗入你的思想，深深地感动你的心灵。放下过客的行囊与湘西的岁月对话，与凤凰的山水对话，与边城的翠翠对话。当炊烟升起的时候，你会情不自禁地以为，这里就是故乡。

只是回首的瞬间，已走过一段往事经年。乘一叶小舟，载着边城的云烟，划过碧水长天，划过似水流年。就这样与你擦肩，我留得住这一抹绿意天然，又是否留得住凤凰昨日的永远？

《碧水长天》

这地方叫边城，湘西人生长的边城，沈从文笔下的边城，外来者梦里的边城。它不似青鸟有飞翔的翅膀，可以追逐远方的寥廓；它不似烟云有缥缈的魂魄，可以舒卷人生的寂寞；它不似流水有婉转的意象，可以抵达生命的彼岸；它不似明月有圆缺的故事，可以照见古今的沧桑。

它只是安静地生在故土，老在故土，没有背叛，没有离弃，将祖祖辈辈的平淡岁月镶嵌在小城的风景中。如果说边城是静止的风景，你就是行走的风景，你转身离去时便已消逝无影，而边城却注定拥有地久天长。

边城是人生的驿站，许多人来这里，是为了寻找一个曾经遗忘又被记起的梦，为了寻找时间渡口的那个翠翠。有人说翠翠就倚着吊脚楼的窗户看风景，有人说翠翠在沱江的木船上唱歌，也有人说翠翠被蜡染的人染进了黛色的布匹里。

许多年前，翠翠十六岁；许多年后，翠翠还是十六岁。来的时候带着宁静的心，不被光阴追逐，也不被世俗纠缠。走的时候将灵魂寄宿在边城，待有那么一日，再度行来，行来时已不再是过客，而是边城的归人了。

倚着暮色擦拭边城这幅水墨长卷，当目光穿透远方迷离的过往时，一些模糊的片段注定要老去。智性之水在阳光下闪烁透明的真理，生命之水在烟雾中蒸腾如黛的记忆。在水中寻找一种朴素的大美，这美通向平和旷达的人生。

那一艘艘古老的小舟，失去了搁歇的理由，在静默的沱江上，划过古城无言的韵迹。放下追忆的心情，悄然离去，不惊醒凤凰沉睡千年的梦。

水墨徽州

　　没有重复过往，不曾透支未来，第一次走进徽州，却有一种怀旧的气息扑面而来。迷离之间总觉得曾经来过，又似乎很遥远。在闲淡的光阴下撩拨历史的记忆，擦拭岁月的尘埃，徜徉在徽州温润的意境里。秀逸的杨柳裁剪着两岸风景，一边是泛黄的昨日，一边是明媚的今天。此刻的徽州就像一方沉默的古砚，被时光研磨，又在水中慢慢洇开，生动了整个江南。

　　这是徽州古老的牌坊，似一幅逶迤铺展的水墨画，它以人生的高度，俯仰世间纷繁的万象。湛蓝的天空下，照见了它们曾经有过的显赫辉煌；斑驳的背影里，诉说着它们千百年来的风雨沧桑。看那十里荷香，长风碧浪，曾经被抛掷的光阴，又怎能将它彻底遗忘？有一种平和叫故乡，它唤醒了迷失的众相；有一种岁月叫苍茫，它停留在历史的远方。

《徽州牌坊》

时光追逐着匆匆求索的脚步，顺着古徽州的山水画廊，剥开潜藏在岁月深处的密语。一座座气势恢宏的牌坊矗立在碧水蓝天中，静默在苍烟夕照下。这些古朴的前朝遗迹，如同出土的青铜陶器，凝聚着斑驳的色调，也漫溢着历史的陈香。有的巍然绝秀，兀自独立在白云之下；有的逶迤成群，肆意铺展在山野之间。

徽州牌坊建于不同朝代，那些精致绝伦的雕刻和古韵天然的图纹昭示着它们曾经的气派与辉煌。牌坊象征着忠、孝、节、义的人文内涵，记述了停留的过往，也收藏着经年的故事。闪烁的阳光镀亮荒远的历史，濯洗锈蚀的文明，一座座浸透着威严、折射着显赫、隐喻着情感的牌坊，向世人诉说着千百年的风雨沧桑。

如今只能在遗留的映象中寻找当年忠臣孝子与烈女节妇的沉浮背影，在迷离的记忆里翻阅着他们的动人故事。挽着岁月的高度，将思绪抛掷到云端，借光阴为笔，采风景为墨，古旧的牌坊记载着一部隽永绵长、深远博大的徽州历史。

目光穿透斜逸在风中的垂柳，跳跃的思绪在瞬间凝固。那些沉睡在夕阳下的古民宅带着醉态，好似浓郁的水墨，缭绕在风烟中化也化不开。黑白两色是徽州民宅质朴的灵魂，那一片古民宅群落不施粉黛，黑得坚决，白得透彻，以朴素的大美、平和的姿态，掩映自然风采，融入生活百态，静静地搁置在清雅如画的秀水灵山中。

明清两朝，江南商品经济繁荣昌盛，许多徽商富甲一方。他们衣锦还乡，兴建宅院，将徽州的民间文化与特色细致地揽入庭院。一道道马头墙有着难以逾越的使命，它们眺望远方的苍茫，固执地坚守已经老去的家园。

推开厚重的木门，步入厅堂，弥漫在堂前的古旧气息将外来者的心慢慢沉静。一幅幅砖雕、石雕、木雕浅绘着花鸟虫鱼、人物故事，将不同朝代的文化历史做一次风云聚会，让你惊奇小小的宅院竟然能容纳乾坤万象，涵盖古老民族深邃的全部内涵。转身离开的时候，一只落满尘埃的老式花瓶，向你开启另一段若有若无的回忆。

一口长满绿苔的古井，被年轮打磨得平滑如镜，可以照见那温润如水的光阴。曾经背井离乡的徽州人，多年以后，走过漫漫长亭，听过风声雨声，依旧眷念故乡的月明。都说人生似浮萍，看惯了流淌的风景，心境如清泉水一般从容淡定。待到岁月老去，人事无凭，谁还会忆起一滴水的恩情？

《徽州古井》

总是有些湿润的情怀在心间挥之不去，如同那无法干涸的泉水，在生命的过程里悄然无声。徽州人聚井而居，有水井的地方就有炊烟人家，有喧嚣世态。那汩汩的清泉，流溢着澄澈的乡情与甘甜的生活，一点一滴地渗进徽州人的血脉中。一口口古井在光阴底下缅怀着凿井者造福百姓的功德，以朴素的方式诠释一个民族生养大义的内涵。井边的苍苔也是人生的苍苔，积淀得越深厚越见其风霜。

至今在一些古井旁还保存着当年凿井与用水的相关文字，石刻的内容在岁月风尘中已变得模糊。然而，透过时光斑驳的旧迹，却依然听得到过往市井沸腾的声音，那些朴实的话语在井边徘徊萦绕，伴随着每一个晨昏日落。千百年来，许多回归故里的徽商饮一盏血浓于水的生命之酿，感念水的恩情、水的真义。他们曾经抛掷过一大截故乡的光阴，要在古井的水里捡回。

拂过阳光溅落的尘埃，将思想做一次更加澄澈的沉淀。徽州的祠堂是宗族的圣殿，维系着徽州人难舍的乡情与庄严的乡规。那一座神圣的建筑，封藏了徽州人的家族历史，留存了先人的圣贤语录。它也许已经苍老无声，可是过往每一个春蒸秋尝的片段都值得后人百世效仿。

祠堂峭拔坚挺的檐角有一种直冲云霄的力量，用沉默的方式丈量着徽州宗族文化的悠久与厚重。踏过那高高的木门槛，与迎面而来的威武门神碰撞，令人肃然起敬。那被岁月风蚀的门环，冥冥中仿佛扣住了谁的因果。立于静穆的厅堂，看着今人与先人目光相视，听着他们用心灵对话。

那一刻你会明白，古人与今人并没有距离，无论时光走了多么远都会留下印记，而徽州人就是循着这些印记保存着如今的民俗民风。他们用贴彩纸、扎灯具、叠罗汉、舞龙灯等朴实的方式来祭祀祖先，怀着一份对圣贤的尊崇、对家族的热爱，就这样送走了远古的夕阳，迎来了今朝的月色。

是这般老到让人揪心的戏台，到底落满了多少岁月的尘埃？也曾红颜淡妆，略施粉黛；也曾天香国色，浓墨重彩。到如今，韶光不在，只留存这样沧桑入骨的姿态。究竟是相思成灾，还是梦里情怀，那么多悄然转身的离开，你为何还要如此执着地等待？曾经戏里的主角早已退出历史舞台，每一天都有过客的脚步在你楼下徘徊，每一个声音都在问，是否有那么一场戏叫《归来》？

《沧桑戏台》

行走在狭窄的青石板路上，檐角流泻下来的阳光擦亮了朦胧的记忆。一座戏台搁歇在缥缈的青烟下，寂寞地向路人诉说着它曾经华丽的故事。这是徽州的戏台，生长在民间，流传在民间，也璀璨在民间。徽州人的戏台是为了举办庙会时酬神、祭祀以及一些特殊的节日与风俗而设的。

戏台的建筑多半简朴，木质的台楼、木质的台板，亦有一些简单的彩绘，寄寓着徽州文化的素淡与从容。锣鼓与二胡拉开了优雅传情的序幕，台上轻歌曼舞，台下人海沸腾。那些艺人在出相入相的戏台上粉墨登场，演绎着别人的悲欢离合。而台下的看客凝神观赏，品尝着别人的喜怒哀乐。

谁也不是主角，只是为了一场戏曲的陪衬，做着伤感与愉悦的抒怀。谁又都是主角，在人生缤纷的戏台上，舞出生活百味、冷暖世情。质朴而圆润的徽剧带着泥土与流水的芬芳，以它独特的民间艺术与民俗风情，唱遍了江南的山水楼台，也唱遍了徽州的街间巷陌。人生的许多过程就是在一场戏中开始，又在另一场戏中落幕的。

在悄然流逝的光阴里，不知是谁打翻了砚台的古墨，泼染了整个徽州大地，令锦绣山河浸润在潮湿的水墨中。沿着河流追溯古徽州苍郁的历史，还有那些铺卷而来的徽州民风，在旷达的人生中获得一种坚实与淡定的快乐。

当睿智的思考穿透精神的领地，发掘者的脚步愈加地逼近，古老的徽州不再是一幅遥挂在江南墙壁上的水墨画了。它将以一个民族的繁荣昌盛向世界展开其真淳天然的风采，在芸芸众生的心中留下清丽明净的涟漪。

乌镇年华

　　仿佛有一段湿润的青春遗忘在江南的乌镇，还有一些云水过往需要温柔地想起。就这样想起，想起在杏花烟雨的江南，想起在春风墨绿的水乡。多年以前有过一场悠缓的等待，多年以后还在淡淡地追寻。只是一个无意的转身，那位撑着油纸伞结着丁香心事的姑娘，走在轻灵的小巷，走在多梦的桥头，走进一段似水年华的故事里，不知是否还能出来。

　　乘一叶小舟顺水流去，只是悠缓地寻觅，便有了这样明媚的交集。在薄雾弥漫的时光中等待一场杏花烟雨，还来不及装进水乡的梦里，青春的故事就这样无声无息。这样一次清澈别离，留下的是烟花的痕迹，带走的是一生的记忆。

《水乡梦里》

乌镇一天的生活是从吱吱呀呀的摇橹声中开始的，一根长长的竹篙撩拨着静止的时光，清莹的河水打湿了那些易感的情怀。还有泊在岸边的船只，默默地守护着小镇里一些沉睡未醒的梦。它们凝视着那些古老房檐的黑白倒影，品味着沉落在水中的千年沧桑。

河水无语，它和乌镇一起静静地送走春秋，又匆匆地迎来夏冬，从花开到花落，从缘起到缘灭。许多年后，一切都如同从前，只是所有流淌过的往事要注定成为回忆。那些被河水浸润过的人生，带着江南的婷婷，带着水乡的风韵，在迷离的岁月里做一次千帆过尽的怀想。乌镇依旧，小河依旧，待到春风入梦，明月入怀，谁还会在远方彷徨？

穿行在素淡又含蓄的风景里，在诗意中感受时间的恍惚，而温暖的阳光印证了生命的真实。逢源双桥在现实与梦境中无言地停留，带着现代的气息，又含有传统的韵致，使乌镇处繁华却不轻浮，落红尘而不世故。

古桥是有记忆的，它记得曾经有着怎样清澈的相逢，又有着怎样美丽的错过。它收存了许多年少的惆怅，也珍藏过许多青春的梦想。它静静地搁置在流水之上，等待着有缘人乘风而来，再抖落一地的故事。这里留下了文和英的脚印，留下了千万个路人的脚印，他们手牵着手站在桥头，凭栏静赏小镇之景，只觉过往的年华虚度，停留只是一瞬，回首却是一生。

这是一个被岁月风蚀的老人，平和地看着每一个来过与离去的过客。他们折几束阳光装进人生的行囊，裁几缕烟雨写入往事的诗笺，他们平静地来过，又平静地走了，记住了这个叫乌镇的江南巷陌，记住这儿曾经有过一段似水年华。

《乌镇巷陌》

有古旧的气息从枯朽的门板上，从斑驳的墙粉中，从青石的缝隙里透出来，牵引着无数路人纯粹的向往。仿佛只要一不小心，就会跌进某段熟悉的情景里，又让你久久不能出来。带着闲散的心情走来，无关历史厚重，不问沧桑墨迹，只是追忆一种难以言说的情怀。无论是苍老的酒坊还是明亮的染坊，都可以激发你无限的想象。

在薄薄的阳光下，温一壶杏花酒，享受一段诗酒年华的闲逸。看那些晾晒在高高竹竿上的蓝印花布在风中轻舞飞扬，隽永的春天在时光中弥漫，而青春仿佛从来不曾离开。沉陷在这些陈年的古物与怀旧的情感中，再也没有什么世俗的力量可以将你侵扰，因为乌镇趁你迷蒙的时候已悄然潜入你的心底，从此情思深种，铭心刻骨。

悠长的小巷在烟雾中如泣如诉，那身着蓝印花布的女孩可是茅盾笔下的林家女儿，她从潮湿的书扉中款款走来，从老旧的林家铺子走来，走进茅盾故居，走进深深庭院。厅堂里茅盾先生握笔沉思，那凝视远方的目光，有一种吐纳河山的清醒与旷达。他在文字中生动，在乌镇里停留，在风起云涌的年代里播种进步的思想，燃烧精神的火焰。

恍然间有梅花的幽香自庭院飘来，迷离中往事依稀重现，今天宛若昨天。许多的现实比梦想更为遥远，就像许多的喧嚣比宁静更为孤独。站在光阴底下，看梅花开在寂寞的枝头，那冰洁的芳瓣比任何一种花朵更高旷出世，更冷傲清绝。

午后的阳光有一种慵懒困意的美丽，惺忪着梦呓的双眼，就这样醺然在古旧的茶馆。煮一壶杭白菊，将心事熬成经久淡雅的芬芳。倚着窗台，听那繁弦幽管，叮叮咚咚拨响了江南灵动的曲调。江南的评弹在乌镇这个有着深厚文化底蕴的水乡璀璨登场，吴侬软语，妙趣横生，那些熟知的故事在艺人委婉的传唱声中更加耐人寻味。

丝竹之声激越时如万马奔腾，坦荡时若明月清风；飘逸时如玉泉流泻，沉静时若秋水长天。此刻，就在这古朴的乌镇，在这怀旧的茶馆，品一壶清茶，听一曲评弹，将流光抛散，做一个安然自处的闲人。都说人淡如菊，而世事也淡如菊吗？当这些生动的记忆在弹指的人生中消散时，谁还会记得过往里的一小段温润时光。

如果是一出戏的开幕，那么等待也会成为优雅的美丽；如果是一出戏的散场，那么离别也会成为经久的回忆。只是一段人生的萍聚，不需要刻骨去珍惜。来的时候，你还是你，当所有的路人都转身离去，那走进戏中的你，还能不能走出自己编织的梦？

《一出戏》

烟雾中长长的小巷，被怀旧的时光浸染；木门里寂寂的故事，被泛黄的岁月尘封。许多的人打身边擦肩而过，彼此间今生今世也不会记得有过这样美丽的相逢。曾经相逢在江南的古镇，曾经有过脚印的叠合，甚至有过目光的交集。

待到年华老去，回忆从前轻描淡写的过往，谁也不曾知道谁，因为彼此都是过客，是江南的过客，是乌镇的过客。这样的相遇就像是一场皮影戏，在华丽与虚幻中开始与结束。坐在寂寞的廊道里，等待着一场皮影戏开幕，又在柔和的灯光下，看一段皮影戏里绝美的故事。

女子：野花迎风飘摆，好像是在倾诉衷肠。绿草轻轻抖动，无尽地缠绵依恋。初绿的柳枝，坠入悠悠碧水，搅乱了芳心，柔情荡漾。为什么春天每年都如期而至，而我远行的丈夫却年年不见音信？

男子：离家去国，整整三年，为了梦想中金碧辉煌的长安。都市里充满了神奇的历险，满足了一个男儿宏伟的心愿。现在终于衣锦还乡，又遇上这故里的春天，看这一江春水，看这满溪桃花，看这如黛青山，什么都没有改变，也不知新婚一夜就离别的妻子是否依旧红颜。来的是谁家的女子，生得是春光满面、美丽非凡。这位姑娘，请你停下美丽的脚步，你可知自己犯下什么样的错？

女子：这位将军，明明是你的马蹄踢翻了我的竹篮，你看这宽阔的大道直上蓝天，你却非让这可恶的马儿溅了我满身泥点，怎么反倒怪罪起是我的错误呢？

男子：你的错误就是美若天仙，你婀娜的身姿让我的手不听使唤，蓬松的乌发充满了我的眼帘，看不见道路山川，只是漆黑一片。你明艳的面颊让我胯下的这匹马儿倾倒，竟忘记了它的主人是多么威严。

一段令人心旌摇曳的对话，让乌镇的阳光也随之闪烁着脉脉温情。在姹紫嫣红的春光里邂逅如花美眷，又喟叹什么似水流年。那挽着竹篮的姑娘是林家铺子里的林家女儿，还是似水年华里的默默，抑或是乌镇里的哪个农家女子？她们携着单纯的快乐，捧着绿色的芬芳，在古道的柳浪下行走。她们是乌镇的风景，等待着入梦的人，而乌镇又是过客的风景，装饰着别人的梦。在诗意散淡的日子里，彼此留下无名的因果，只是记得曾经回眸的相逢，还有转身的别离。

黄昏的乌镇，就像一位平淡的老人，收藏一切可以收藏的故事，又遗忘一切想要遗忘的人。行走在红尘陌上，时光梦里，回首人生历程中的云烟旧事，青梅过往，一切有如古玉般的温润与清灵。

乌镇也是一块浸染了春花秋月的老玉，供来来往往的人用心灵去珍惜。带着清澈的梦行来，带着未醒的梦离开。只是寻常的日子，只是平淡的记忆，在闪闪摇摇的光阴里流去。若干年后再以落花的方式怀念江南几许明媚春光，追忆乌镇一段似水年华。

风情丽江

　　我不知道，千百次在梦里相遇的丽江，如今清晰地见着它的容颜，算是一种初来还是一种重逢。淡雅的山水、浓郁的风俗，还有以前不曾见过的美丽，在生命里逐渐鲜活。行走在小桥与流水装帧的街巷，你会觉得丽江的尘埃都是风情的。

　　无论你怀着怎样平庸的心境，都会被空气中弥漫的风情感染，千年民俗酝酿出的芬芳可以将你漂洗得风姿万种。在我背上行囊、独自放逐在丽江的时候就知道，一路上会有那么多的风情与我偎依。

　　有人说丽江的时光是柔软的，它可以让生硬的世俗走向婉转轻盈。有人说丽江的故事是风情的，它可以让平淡的生活过得明媚鲜妍。甚至有人说丽江的山水可以疗伤，它能够熨平过往斑驳的痕迹，让你的心清澈透明。

丽江的确是天然独特的，它处在遥远的云贵高原，以茶马古道的沧桑为底蕴，又以玉龙雪山的皎洁为背景，朴实却有韵味，风情而不妖娆。岁月之于这里，只不过是一种如同流水的过程，丝毫不会改变它的模样。千百年前遗落在这里的美丽，千百年后还能找到。

徜徉在丽江自然天成的风景间，任何一个不经意的瞬间都会让你跌进遥远的记忆里，在经年的往事和怀旧的情感中沉浸。这就是丽江，以神奇的风采和别样的韵味烙刻在每个人的心中，让丢失昨天的人找到今天，又让拥有今天的人向往明天。

这是纳西今生的风景，记载着丽江前世的秘密。在这里，小桥是流水的过去，流水又成了小桥的追忆。在这里，时光从瓦檐下悄然流去，相遇又成了擦肩而过的别离。多年以后，无须将往事寻觅，只凭着这份古旧的气息，就可以淡淡地回味，昨天的你。

《小桥流水》

丽江古城像一个不曾被翻阅的故事，用同一种色调与风格静静地封存在丽江。层层叠叠的青瓦上积淀着不同朝代的尘土，凝重里带着纯粹，纯粹中又含有原始。这里不曾被莫名的心事闯入，亦不曾被无理的情感纠缠，只是在简朴的风景里保持一份天然的率性、固执的洒脱。

对于丽江，我同所有的人一样，带着陌生的熟悉感走进，去寻找浮华岁月里的沉静安然，去追求纷繁俗世的阳春白雪。在丽江朴实闲逸的日子里，连怅惘都是明净的，你可以穿过时光的苍茫找回真实的自己。这里会让你忘记那些疲倦的过往，也不再担忧日子会悄然溜走，因为丽江是平静永恒的，纵然再过十年，你依然可以拥有它的纯粹与风华。

风景只为懂得的人而生，可四方街的风景却为每一个平凡的过客而生。无论你是否真的懂得，抑或是一无所知，都不重要，它会以同样的风情浸入你的眼睛，给你日光的温暖。五彩石铺就的石板路被岁月磨去了光泽，无论是晴天还是雨季，带给路人的都是一种生命的淡定与清凉。

沿街的小商品铺子，摆放着纳西民族的各种风物，无论是木刻还是扎染，驼铃或是银饰，都会给你带来别样的惊喜。每一件物品都牵扯着某种难言的情结，纵然你要渐行渐远，却也有过温柔的相逢，相逢在彩云之南，相逢在古城丽江。且裁一片纳西风景存入年轻的记忆，或摘几朵丽江的云彩装进过客的行囊，多年以后，你会反复地想起这儿有过人生最美的瞬间。这个瞬间会将你锁在时光的镜中，看得到时光之外的一切，却再也走不出来了。

是谁给小巷的人生镀上了日落的色彩？这被岁月擦亮的石板路又收存了多少过客的徘徊？当丽江的时光将你扫入尘埃，又还有哪一扇木门会将你等待？倘若今朝的相逢是为了明日的离开，不知道，那走进巷中的人，还能不能走出来。

《小巷人生》

穿行在迷离交错的石巷，你不必猜测哪条路径会有更绝美的风景，因为任何一处都收藏着丽江遗韵。只要轻轻走进，便会碰触一段惊心。而纳西古乐就是落入人间的仙乐，它落在古城的梦里，拨动了路人最易感的那根心弦。

纳西文化以它古朴的风韵镶嵌在丽江的瓦檐、丽江的窗户、丽江的每一处巷陌与桥头。那些素朴纯然、风韵独特的壁画和东巴文字，装点着纳西人或豪放，或婉约，或中庸的天然性情，也铺展着纳西民族丰富多彩、意态万千的文化艺术。

那些看似简约寻常实则繁复含蓄的象形文字，会令你对纳西风情滋生无限的遐想。每一个字符都需要心灵的沉淀，再随着它们袅娜婷婷的姿态一起翩跹起舞，回归到曾经古老的时光，召唤历史深处浓郁的情结。每一种意象都诠释着不同的生命真意，倘若你无法深刻理解，就把它们当成丽江的风景，而你就是那个远方来看风景的人。转身离开，你留下几许难舍的情愫，带走一段无言的记忆。

梦似驼铃惊明月，心如红叶染青山。在那条向晚的古巷，隐约听得到叮咚的马铃声远远地传来，惊醒了我对茶马古道千丝万缕的向往。那是一条凝聚了茶马文明的古道，成群的马帮奔波在雪域高原，用刚毅果敢的精神探寻一条生存之路与人生之路。他们曾经无数次在丽江这座古城驻足，带来遥远的尘埃，又留下征程的烙印。

站在古巷的路口，望着远方恍惚的青烟，那光洁的石板不知被多少脚印打磨得这般温润。这就像是一条轮回巷，穿过去，可以找到前世，而走出来，又可以寻回今生。丽江的前世今生被许多人不知疲倦地追寻着，他们带着各自悲欢的故事来到这里，安然地抛掷过往，只存下这一段沉静的光阴。无论将来是停留还是远离，都已经不重要，只为这曾经的拥有。

　　这是风情的丽江，这样的风情，让你没来得及滋生梦境的想象，就已经流露出过客的忧伤。那被月光晾晒的瓦当，写满古老的惆怅，被故事开启的木窗，诉说追忆的迷惘。这里的光阴很清凉，只是低眉的瞬间，年华已经老去来时的模样。

《风情丽江》

　　岁月的苍苔依旧墨绿如初，今晚的丽江可还有梦？那婉转轻快的葫芦丝重复地吹奏着一曲月光下的凤尾竹，连同夜色里柔和的灯光一起纠缠你的思绪，迷醉你的意念，蛊惑你的情感。纵然还有难以搁下的心事，看着一湾清泠的溪水你便安静下来了。

　　一盏盏荷花灯在水中漂浮着精致的年华，星星点点地诉说着当年的一段城南旧事。古旧的小桥，古旧的流水，古旧的茶坊，连酒吧都是古旧的，这么多的古旧串起了一道夜晚的风景，在不同的人心中编织相同的梦。

　　就是这些看似朴素老旧的时光剪影，却带给寻梦者曼妙无尽的风情。我不知道前生是否来过，为何这一切会如此熟悉，熟悉得像遇见一位久违的故人，无须言说便已懂得，懂得她昨天的故事，懂得她今日的容颜，亦懂得她明天的回忆。

　　一定还有什么风景是我不曾抵达的，不然怎么还有那么多留人的目光令我心痛，不然怎么还有那么多会心的微笑令我感动。在丽江，我不是那个初来的人，也不是那最后的一个。多年以前，有许多的人跋山涉水地将它寻找；多年以后，有更多的人一往情深地将它珍藏。

　　我有想过用人生作注，从此相忘江湖，老在丽江。可红尘百媚千红，终究无法舍弃，就这样选择离去，在阳光洒落的粉尘中离去。依稀记得，丽江拿一杯山茶花的清露为我淡淡送别。可是，待到年华老去，我又该拿什么来回忆昨天的你？那片纳西风景，那朵丽江白云，抑或是其他，抑或什么也不是。

第三辑

云在青山
月在天

你途经过我

倾城的时光

千年风霜寒山寺

乘一叶乌篷小船顺着运河的流水而下，或行走在枫桥古镇石板路的小巷，恍若一个云游的行者，带着寻幽的心境、独醒的禅意。此时的你不是悠悠过客，也不是匆匆归人。立于枫桥，只见宝刹叠云，烟霭重生，掩映在青松古柏中的黛瓦黄墙，就是名扬天下的寒山寺。桥的此岸与彼岸隔着一段恍惚的光阴，穿桥而入，便抵达了云烟缥缈的江南古刹。

走近烟雾缭绕的寒山寺，让你在逸世超然的空灵韵致中感悟菩提的心境和莲花的慈悲。寒山寺始建于六朝时期的梁代天监年间，而寒山寺的由来却出自唐代贞观年间的一段传说，讲述的是寒山与拾得二人相继前往苏州妙利普明塔院，皈依佛门。

相逢时，他们一人手持荷花，一人手捧篦盒，笑容可掬，便有了"和合二仙"的说法。民间还有传说，"和合二仙"是为了点化迷惘的世人，才化身寒山、拾得来到人间，在此处喜得相逢并成为寺中住持，寺名也由此改为"寒山寺"。唐人张继笔下《枫桥夜泊》中"姑苏城外寒山寺，夜半钟声到客船"的千古名句，使得寒山寺在写意的江南水乡更加地古韵天然，禅味悠远。

寒山住寒山

唐·拾得

寒山住寒山，拾得自拾得。

凡愚岂见知，丰干却相识。

见时不可见，觅时何处觅。

借问有何缘，却道无为力。

寻灵意而忘红尘，会物理而通玄妙。这座被风雨时光冲洗了千年的江南古刹，也曾香火鼎盛，佛光璀璨；也曾僧客星散，门庭冷落。它历经岁月的兴衰荣枯，历经无数的硝烟战火，又被无数的工匠修补重建，在许多高僧的苦心经营下得以焕然一新。如今，它早已褪去斑驳的沧桑旧迹，显露其金碧辉煌的真身。

这方江南的净土，收存了无数得道高僧的明月清风，他们禅坐于幽静的山林，过着清闲似仙的修行岁月；也承载了无数香客的匆匆步履，他们带着天南地北的脚印与尘土，来过，又走了，留下不同的夙愿与缘分。

淡黄的银杏叶铺满石阶，每一枚叶脉都向你传递着经卷里的深深禅意。循着空灵悠远的梵音静静地朝圣殿走去，转瞬回眸间，世事浮云已散尽。缭绕的香烟洗净俗世的思想，让你的心不染半点尘埃。

大雄宝殿内，汉白玉雕琢的须弥座上安奉着佛陀的金身，他慈眉善目，神态安详。那淡定平和的目光，早已洞穿一切尘缘世事，他知晓人间冷暖，普度芸芸众生。此时的你，无论是清醒还是迷离，都不重要，佛祖不会计较你是否深刻，又是否肤浅。他指引给众生的都是一条通往灵山的大道，那儿是西方净土，水天佛国。

大殿中聚集了许多宽袖大袍的僧者，他们手持佛珠，敲着木鱼，念诵着韵短味长的经文。这些人中有许多还是年轻的僧人，眉宇间俊朗非凡。究竟是什么让他们甘愿远离亲人故土，抛却繁华世态，来到这深墙大院之内，静守清规戒律，常伴青灯古佛？

断落的发丝，牵系着多少故人；飘然的背影，丢下了多少依恋。这些僧侣来自五湖四海，有的曾是苦海迷梦人，有的曾是世间功利客。如今洗身佛门，放下爱恨情仇，忘却前身后事，在泛黄的经卷里觉悟佛法无边，修炼虚无境界。

层层山水秀

唐·寒山

层层山水秀，烟霞锁翠微。

岚拂纱巾湿，露沾蓑草衣。

足蹑游方履，手执古藤枝。
更观尘世外，梦境复何为。

穿过般若门，又是一处菩提道场。这样的行走，不问起点也不问终点，亦不会在意一路上丢失了的是些什么，而拾捡到的又是些什么。寒拾殿是寒山寺中一道不可缺少的风景，它坐落于藏经楼内，浸润了深厚的佛法。

寒山与拾得的塑像立于殿中，寒山执一荷枝，拾得捧一净瓶，披衣袒胸，嬉笑逗乐，是吉庆祥和的象征。千百年来，他们饱读万卷经书，滋养了一身的道骨仙风，被世代的香客瞻仰与膜拜，也度化了万千的世人。

他们或于庙宇聚会研经，煮茶参禅，在闲淡的光阴里栽种慈悲；或漂游尘世，芒鞋竹杖，将精深的佛法传递到宽广的红尘陌上，为世人留下佛海慈航的想象。他们不是为了宿命而存在，而是接受了时光往返的轮回。

众星罗列夜明深

唐·寒山

众星罗列夜明深，岩点孤灯月未沉。
圆满光华不磨莹，挂在青天是我心。

怒放的佛光，粉碎世间所有华丽的色彩。跪于莲花的蒲团上，掀开一本发黄的经书，也难免不参禅悟道起来。遥挂在梁柱上的一面古铜镜，照见红尘百味，也照见五蕴皆空。佛说："远离颠倒梦想，消尽七情六欲，

你途经过我倾城的时光

不问生，不问死，不问劫难，不问定数。"只是在淡泊如水的日子里，饮一盏禅寂的清茶，闲数落花，坐看云起。

在大佛的脚下，个人的悲喜是那么渺小，功名利禄是那么微不足道，浮生只是一梦，沧海不过一粟。这不是消极遁世，而是一种洗去铅华的超脱，是千佛觉悟的悠然。如果你追寻了明月，清风就会将你疏离，守望菩提，没有人会比岁月还沧桑。

当你走在精巧的回廊上，怎能不被如霜的文字惊醒？雕刻在石碑上那一行行透着禅意的诗文，虽然历经沧桑变迁，却依旧可以闻到翰墨的清香。这些温润如水的古墨，至今都是潮湿的，触摸上去，还留存着历史的余温。

从那些或浑圆或清瘦，或古拙或清新，或浓厚或淡然的字迹中，可以品味出他们不同的人生历程，不同的佛法心性。无论是清晰还是模糊，无论是真实还是虚妄，如今只剩下光与影的痕迹，只剩下婉转千回的韵脚。我们所能做的，就是站在被岁月拂掠过的瓦檐下，感受被思想风物碰撞的心情。

枫桥夜泊

唐·张继

月落乌啼霜满天，江枫渔火对愁眠。

姑苏城外寒山寺，夜半钟声到客船。

云在青山月在天

穿行在苔迹斑驳的青砖路上，只闻得悠扬缥缈的钟声在风中回荡。一座六角形重檐亭阁映入眼帘，这便是闻名遐迩的寒山寺钟楼。登上木梯，走向精神的圣地，一种熟悉的景象在脑中浮现。

那是在千年前一个霜露满天的月夜，点点渔火明灭于远山近水间，寒山寺夜半的钟声惊醒停泊的客船。眼前这口悬挂的古钟已不再是当年诗人张继笔下的那口唐钟了。在经历了硝烟弥漫的战火，经历了千年荏苒的岁月，一些真实的事物被掩藏在历史的迷雾中，永远见不到天日。

我们只有在亘古流传的浅淡意象中去寻觅那段失落的唐朝遗梦，去触摸文字背后所蕴藏的风骨。是弥陀的召唤，释放出囚禁在世俗中的灵魂，让迷惘的路人在暮鼓晨钟的禅韵中，得以大彻大悟。

那一座轮廓明朗的普明宝塔，亦经历无数朝代的兴废，却依然以巍峨的姿态拔地挺立着。眺望远方，多少楼台隐没在苍茫的烟雨中。那粉墙黛瓦的姑苏繁华图景如同一幅精致玲珑的江南刺绣，落在碧水秋云间。

运河千里琼花路，流尽黄金望孤舟。仿佛看到当年的隋炀帝，寻梦下江南，却再也回不去古都长安。夕阳无言地沉没，隋朝的万顷江山在酒杯中瘦去，只借得一弯冷月，临着瑟瑟的江风，独钓千古情愁。

一生光景倏然而过，往事有如发生在昨天，却又那么遥远。枫桥下那条昼夜不息的大运河，它曾经惊涛骇浪，如今已平静无波，只余下风霜旧

事、历史烟尘给后人追寻回味。

　　且折一枝放生池中的莲花，将慈悲收藏于心间。在清越回转的钟声里远去，不做离情的开始，也不做禅深的结局。只是记得，曾经有一个你，曾经这样地来过，又这样地走了。

禅韵悠然灵隐寺

在梦与醒之间，隔着一道风烟袅袅的岸，走过莲花盛开的几座石桥，才能抵达彼岸。古刹坐落在逶迤的青山之中，透过西湖薄薄的雾霭与烟水，拨开飞来峰与冷泉低垂的帘幕，向楼台的深处走去。灵隐寺，我来寻找些什么？你要点醒我什么？

灵隐寺香火最为鼎盛的日子其实不只是在今天，还有那些遥远的过去。那些日子，漫长了一千六百余年，流淌过千年的春秋岁月，记得的人真的太多太多。魏晋的烟火依稀在昨天萦绕，五代那三千余众的僧侣还端坐在祥云笼罩的蒲团上听禅，唐宋悠悠回荡的钟鼓声还在唤醒迷失在古道的今人。

更有站在高峰俯览山寺的帝王康熙，他御赐的匾额至今仍高高地挂在天王殿的门前，隐隐地还能感觉到那个鼎盛王朝的尊贵和霸气。这就是灵隐寺，以仙灵的秀逸深隐在西湖的群峰林泉中，虽经受时间沧桑的变迁，一怀风骨却不改当年。

灵隐寺

唐·宋之问

鹫岭郁岧峣，龙宫锁寂寥。

楼观沧海日，门对浙江潮。

桂子月中落，天香云外飘。

扪萝登塔远，刳木取泉遥。

霜薄花更发，冰轻叶未凋。

夙龄尚遐异，搜对涤烦嚣。

待入天台路，看余度石桥。

当你沉浸在细雨柔软的清新中，往往会忽略阳光的重量。在这个众生纷纭的尘世，有许多的人选择追逐繁华，亦有许多的人只为寻觅安静。他们朝着各自渴慕的人生方向行走，一路上留下喧嚣与清幽的风景，充实了自己，也感染了别人。

旧时行人带着怎样的心情来灵隐寺已无迹可寻，也许是为了一睹江南古刹的风采，也许只是一个寻常的过客，也许是为了找寻心灵停泊的驿站。我是带着半梦半醒的心来的，踩着帝王深浅的脚印，穿过山林迂回的古道，临着风中飘摇的经幡，来寻觅被烟雨潮湿的背影，来啜饮被时光浸泡的清茶，来翻阅被佛祖指点的经卷。

　　微风吹响檐角的铎铃，惊扰着独自飘忽的思绪。站在古老的银杏树下低眉沉思，一粒银杏果落在我的脚下，弯腰拾起的刹那，我似乎明白，佛是通灵性的，他会在有意与无意间悄然暗合你的心境、你的念想。一种命定的暗示在不知不觉间植入你的内心，在时间经过的地方，也许你会邂逅一段际遇，也许一段际遇会邂逅你。

　　弥漫在庙宇的《心经》，以清澈无尘、宁静淡远的禅韵，像清风一样地穿越迷茫的岁月，又像流水一样地浸入你的思想，继而占据你的灵魂，渗透你的骨血。那一刻，我选择安顿好漂泊多年的梦想，告诉自己，这平林漠漠的千年古刹，就是灵魂的归处。

题杭州灵隐寺

唐·张祜

峰峦开一掌，朱槛几环延。

佛地花分界，僧房竹引泉。

五更楼下月，十里郭中烟。

后塔耸亭后，前山横阁前。

溪沙涵水静，涧石点苔鲜。

好是呼猿久，西岩深响连。

　　半倚着木质栏杆，打捞着古寺内曾被月光漂洗的旧事。这方灵秀温婉的土地，曾经埋葬过无数的陶片、残简、断碑、经文、袈裟，还有上古的文明与原始的图腾。一代又一代的君王，平息了叛乱，一统祖国河山。他们从遥远的塞外到繁华的古都，就这样一步一步地踱入精致的江南。

曾经弥漫的硝烟战火，纷乱的刀光剑影，还有鼎盛的封建王朝，早已在历史的烟尘中杳然无迹。而那些坐落在烟雨中的古刹楼台，依然不减当年灵逸的风采。这是个尊崇佛教的国度，这是崇尚莲台与香火的江南，这里有许多寄身佛门的僧人，也有许多诚心皈依的居士，他们洗尽一身风尘，潜心礼佛。

古寺的香火在闪烁的光阴中明灭，徜徉在古与今的交界，游离在光与影的边缘，即使梦回前世，我还是今生的我。佛说："世间万象，众生平等，无论你是帝王将相，还是市井平民，无论你是达官显贵，还是贩夫走卒，在佛的眼中，皆为凡尘中的俗子，所经历的都是悲欢离合，生老病死。"走进这高蹈世外的庙宇，再多浮华的心也会随之沉静。

倘若你的人生走失在迷途，佛祖会将你引入正道，他会唤醒你被物欲浇醉的思想，会用慈悲感化你身上的罪恶，会用时间弥补你残缺的灵魂。丢下熙熙攘攘的功利，抛掷庸庸碌碌的浮名，在佛祖静处的圣地，寻找心灵的归宿，生命的真意。

题灵隐寺山顶禅院

唐·綦毋潜

招提此山顶，下界不相闻。

塔影挂清汉，钟声和白云。

观空静室掩，行道众香焚。

且驻西来驾，人天日未曛。

行走在幽深的长廊，不经意被瓦檐遗漏的阳光砸伤。冥冥中有些细节早已注定，任由你如何地想要躲避，想要挣脱，它依旧至死相随，不离不弃。踏进大殿的门槛，用脚步丈量自己起落的命运。其实每个人的命运，都雕刻在手心，手心深深浅浅的纹路，就是一生行走的历程。

当我立在千佛的脚下，面对栩栩如生的佛像，面对浩瀚无穷的佛法，不禁问自己：这就是那千千万万的佛教圣徒匆匆赶赴的梦中之境吗？这就是经卷里岁岁年年传诵的西方极乐净土吗？为何曾经做过如眼前这般极为相似的梦，可是又始终无法清晰地记起。生命里浮现过许多这样似曾相识的印象，你记得的很多，却不知道那是些什么。

阳光将追寻的影子拉长，一枚叶子滑落在雕花的窗棂上。这是江南的窗棂，掩映着疏梅竹影，被日月星辰悄悄地守望着。我仿佛看到那些僧侣，在闲淡的日子里，将禅悟从这扇窗棂传递到那扇窗棂，将月光从这道瓦檐引向那道瓦檐。透过这扇开启的窗棂，我带着世俗的眼目窥视僧人的居所。

然而那小屋简单得让你诧异，仅是一张木床与一张摆放着几卷经书的木桌。这种简洁的摆设与我梦中千百次的想象相去甚远，我曾经怀着好奇的心想要推开他们的僧门，想象屋内会有雅致绝尘的风景，桌上闲置一盘围棋，墙上斜挂一管竹箫，窗下横放一架古琴，还有氤氲的檀香、禅寂的木鱼以及幽淡的清茗。直到今天我才明白，岁月的棱角早已被点滴的光阴磨平，那些美丽的意象都只是为了平实而存在，只有简单平实才经得起时间的叩问和历史的推敲。

早秋寄题天竺灵隐寺

唐·贾岛

峰前峰后寺新秋，绝顶高窗见沃洲。

人在定中闻蟋蟀，鹤从栖处挂猕猴。

山钟夜渡空江水，汀月寒生古石楼。

心忆悬帆身未遂，谢公此地昔年游。

　　拾阶而上，向云烟万状的群峰走去，向庙宇的更高处走去。站在缥缈的云端感慨苍穹之浩瀚，一种由浅而深的梦境在这里过渡。想那苍松古柏之下，隐现着一代又一代得道高僧悠然的背影。他们身着僧袍，手捻佛珠，静坐在明净无尘的石凳上，品茗对弈，诵经参禅。

　　春日里听风于茂林，观花于曲溪。夏日则禅坐于绿荫，泛舟于莲池。秋日里闲卧于枫林，枕梦于黄花。冬日则烹炉于僧阁，吟咏于白雪。四时闲逸，心境常宁，万法皆尔，本自无生。

　　一个人想要努力地接近禅道，原来仙佛存在于世间的万物中，只是需要一颗空灵的心去感悟。翠竹、高松、石崖、藤萝，恍然有如出世的风景。乘一片云彩离去，我不做那个立于茫茫天地间孤独的人。

　　穿过长廊，阳光透过瓦檐落在我的眉间，落在那扇雕花的窗棂上。原来寻寻觅觅、来来往往间，我又走到了原地，人生就是这样，不断地接受落花流水般的轮回。只是短短的时间，阳光便消耗了它沉甸甸的重量，在流转的回风下，显得那么轻薄。

　　透过那扇开启的窗，我看到一位年轻的僧人禅坐在蒲团上，手敲木鱼，翕动着嘴唇默诵我听不懂的经文。但我分明能感觉到，那来自西域古道的阵阵空远，还有粒粒佛珠渗透出的古木馨香。多年后，斗转星移，这古刹深处的风，又会吹拂谁的衣衫？

　　我离开的时候，回首看身后的路，已经寻找不到一丝走过的痕迹。路边遥挂的店旗上，一个古典的"茶"字在风中飘摇。搁下离尘出世的心，坐下来品一壶西湖龙井。不知是谁隔着朱帘，还在弹奏着已经老去的古调。收拾起一段青莲的心情，走过西湖杨柳依依的堤岸，朝着烟浪迷离的城市，继续远行。

江天佛影金山寺

　　在红尘转弯的路口，撑一支长篙，独上兰舟。顺着东流的江水，一路上打捞消逝的人文风景，捡拾沉淀的历史旧迹，亦收存悠远的佛光山色。烟雾中的楼台佛塔，在江天流云下兀自苍茫。把船停泊在扬子江畔，携带一身的风尘向金山古刹走去。其实红尘与佛界只隔着一道门槛，槛外是滚滚的烟尘旧梦，槛内是渺渺的云水禅心。

　　如果说生命里载着一段空灵的记忆，那么这段记忆应该参透着高深的禅意与清醒的了悟。行走在梵音冲洗过的石径，会被大朵大朵萦绕而来的烟火熏醉。从生命之初到生命之终，一路匆匆不能回头，没有一个季节可以省略，没有一段过程可以迟疑，其间的风景与故事却是属于自己的。

　　这里最早走过的是东晋的先贤与高僧，之后又留下了唐、宋、元、明、清的烟火与痕迹。超脱者不少，困顿者也很多。站在时间的檐下，感受被岁月冲洗过的金山寺，山水还是山水，古刹依旧是古刹，而行客永远只是风，风过无痕。

　　纵然那些王侯将相、名人雅士留下让后人景仰的故事与笔墨，却也只是物是人非，不能如山水那般真实永恒地存在。更何况是平凡的过客，平凡得只是佛前的一粒渺小的粉尘。然而，无论你是高贵的生命还是平凡的粉尘，一样可以感染庙宇的禅机仙气，可以触摸佛主的铜像金身。

金山寺
宋·王令

万顷清江浸碧山，乾坤都向此中宽。
楼台影落鱼龙骇，钟磬声来水石寒。
日暮海门飞白鸟，潮回瓜步见黄滩。
当时户外风波恶，只得高僧静处看。

　　一轮红日落在帝王的脚下，燃烧了整个清王朝的天空。那位俊逸风流的乾隆皇帝，六次下江南，他来到金山古寺，留下一瓣心香，也留下了御笔宝墨。当年满洲八旗精兵的铁骑踏平了中原辽阔的疆土，开拓出一条大气磅礴的古御道。那个征战天下的君王就这样用马鞭改写了历史，拥有了整座盛世江山。

曾经奔腾的战马湮没在黄尘古道，曾经闪烁的刀光黯淡了日月星辰，曾经帝王的霸业消逝成昨日风云。天地间回归一种亘古的静穆，只有浩荡奔流的长江水，还在抒情一段远古的辉煌。

同样是大清的帝王，却有不一样的人生抉择。顺治皇帝看破红尘世事，放下了祖宗南征北讨打拼而来的江山，放下了万万千千的臣民，也放下人世间的爱恨情仇，从此黄袍换袈裟，玉玺换木鱼，奏折换经卷，芒鞋竹杖，潜心修行。他所顿悟的，是那些所谓千秋万代、永世长存的基业自有尽头，而百年富贵、纸上功名也终归尘土。莫如静坐蒲团，不惹俗世尘埃，在幽静的山林寻得清乐，又何须荣封万户王侯，接受轮回六道的循环命运？

佛度有缘人，看似清闲悠然的了悟，却是历经了沧海桑田的变迁。如今，这座亭阁静默在夕照下，仿佛在提醒着世人，这儿留存着帝王尊贵的背影与佛国空灵的禅意。

题荐慈塔

宋·王安石

数重楼枕层层石，四壁窗开面面风。

忽见鸟飞平地上，始惊身在半空中。

插云金碧虹千丈，倚汉峥嵘玉一峰。

想得高秋凉月夜，分明人世蕊珠宫。

走过一道深邃的风景，又会落入另一道悠远的风景中。从江头到江尾，究竟是你在看风景，还是风景在看你？抬头仰望，那一座巍峨挺立的慈寿塔以从容淡定的姿态，矗立于金山之巅，禅坐于莲花之境，悠闲度日，无意春秋。

登塔而上，踏着一阶一阶古旧的木楼梯，几处转弯，仿佛与曾经的某段时光交错，又与许多擦肩而过的身影相撞。伫立在高高的塔顶，凭栏远眺，看星罗棋布的田埂阡陌，看重峦叠嶂的烟树云海，看风云浩荡的大江激流。一缕游走的闲云自身边飘过，这如梦如幻之境会让你忘记身在何处，忘记先人的背影足迹，忘记尘世所给你的一切。

许多行客在塔顶的木栏上留下自己的名字，亦有一些多情的人刻下了地老天荒的诺言，人情百态，尽现其间。不免想起了慈寿塔外花墙上刻着的"天地同庚"四个大字，据说是清代光绪年间湖南一个八岁儿童李远安所写。当年慈禧太后六十寿辰，两江总督刘坤一特地进京为慈禧贺寿，而其寿礼就是在镇江金山修建了一座宝塔，取名慈寿塔，祝慈禧长寿万岁。慈禧听后不由得心喜，问道："你祝我长寿，看我能活多大？"刘坤一无言以对，正为难之时，一小孩却敏捷地递给他一张字条，上面写着"天地同庚"四个大字。慈禧看后喜笑颜开，后来这四个字便刻于慈寿塔下，供后人瞻仰。

携带着故事去看风景，多了一层华美与内蕴，而思想也在故事的趣味中得以升腾。暂别了楼台古塔，让记忆引领着步履去追寻另一处情境。在烟火里悟禅味，于流水中听梵音，穿过红尘紫陌，梦一段西竺遗风，唤醒迷失在俗世的灵魂。

游金山寺

宋·苏轼

我家江水初发源，宦游直送江入海。

闻道潮头一丈高，天寒尚有沙痕在。

中泠南畔石盘陀，古来出没随涛波。

试登绝顶望乡国，江南江北青山多。

羁愁畏晚寻归楫，山僧苦留看落日。

微风万顷靴文细，断霞半空鱼尾赤。

是时江月初生魄，二更月落天深黑。

江心似有炬火明，飞焰照山栖鸟惊。

怅然归卧心莫识，非鬼非人竟何物。

江山如此不归山，江神见怪惊我顽。

我谢江神岂得已，有田不归如江水。

细碎的阳光从禅房两两相望的瓦檐遗漏下来，像是抖落一束束经年的旧事。寻觅妙高台，亦是寻觅普照在庙宇间的佛法，还有沉没于流光中的古韵。

妙高台又名**晒经台**，是宋朝金山寺高僧佛印凿崖建造而成的，高逾十丈，上有阁。想象当年众多僧侣从藏经阁取经书到此台晾晒也禅韵万种，也许这儿并不曾晒过经书，而赏月的闲情却是存在的。

那些寺中的僧人，在明月霜天的夜晚，于妙高台赏月品茗，参悟佛学的精深空远。相传当年苏轼游金山古刹，便在此处赏月吟诗，临着月光俯仰古今，感慨宇宙浩瀚，沐浴千秋佛光。当夜色悠然来临之际，还有谁在明月下唱一阕乘风归去，今夕何年的歌。

妙高台不仅收存着诗意的风雅，亦记载过豪情的气势。传说"梁红玉击鼓战金山"的故事也发生在此处。南宋名将韩世忠用四千水兵将几万进扰的金兵围困在金山附近，其夫人梁红玉登上妙高台亲擂战鼓，为将士壮气助威，成功击退金兵。这段历史故事从此登上了中国传统的戏剧舞台，唱遍大江南北，英风千载，流芳百世。

妙高台几经兴废，一种沧桑在时光里弥漫。世事远去，风云已改，只有昼夜流淌不息的扬子江水沉淀着历史的重量，漂浮着岁月的馨香。

送识上人游金山寺

宋·范仲淹

空半簇楼台，红尘安在哉。

山分江色破，潮带海声来。

烟景诸邻断，天光四望开。

疑师得仙去，白日上蓬莱。

一波一波的梦境冲洗着浮世的心，沉醉在金山悠然的禅意里，忘却了凡尘的聚散悲欢。行走在莲荷绽开的湖畔，不问归期，想着水中浮现过许多行客的影子，而你又会与哪个影子有着一段湿润的交集。

佛家讲究缘分，与景物的邂逅也需要缘分，也许是百年，也许是千年的一次辗转才能换取今生的一次相逢。许多情缘淡然如水，只是在生命中悄然走过，不留薄浅的回忆，也不留深沉的纠缠。

邂逅白龙洞，也牵引出一段沉积在岁月深处的凄美传说。白龙洞里并没有白龙，只是塑有千年蛇妖白素贞与小青的石像。据说金山寺曾经演绎过一段水漫金山的僧妖之战。当年得道高僧法海因一己私怨，囚禁了许仙，逼迫白娘子水漫金山，顷刻间风云巨变，江河翻卷，使得镇江百姓流离失所，生灵涂炭。白娘子也因此犯下天戒，被关入雷峰塔底修炼二十载才得以重见天日。如今金山寺祥云普照，一派宁静悠远，而白娘子与许仙的这段爱情神话仍被世人所津津乐道。

无边的佛法如清风拂过世间的每一处角落，它容忍过错，普度生灵；它淡漠离合，超越生死。在浮躁苦闷的人生面前，它留一份旷达明净。

人间过客，且留浮萍踪迹；红尘俗子，难抵世态浇漓。如果你悟不透纷扰的世俗，就在思想里种植一株菩提吧，它无须开花，也无须结果，只是在精神的境界中永远留有一颗淡定的禅心。

　　踏出寺院的门槛，被禅佛净洗过的生命悠然而轻灵。离别的步履在
钟声里渐行渐远，于匆匆的时光中结束了金山之旅，让这千年古刹成了
一份出尘的守望。乘一叶来时的轻舟，漂游在滚滚的江涛上，看奔流
的江水将红尘与金山寺隔绝在两岸，此岸是烟云的梦境，彼岸是禅意的
清醒。

清远隔尘大明寺

　　书卷里邂逅了千百次的扬州，早已在心中长成一道清逸的风景。只要轻轻碰触，便会牵引许多阳春白雪的情怀，抖落许多春风秋月的故事。

　　到大明寺求佛访僧，没有时光的约定，亦没有携带诗囊与瑶琴，只有心香一瓣，素骨清肌。走过江南楼台迷蒙的烟雨，走过二十四桥皎洁的明月，走过幽深庭院疏落的霜桂，也走过瘦西湖畔晶莹的白雪。在旷达明净的四季，悄然推开古刹千年的门扉，跌入清远隔尘的佛界中。

春·楼台烟雨

次韵子由题平山堂

宋·秦观

栋宇高开古寺间，尽收佳处入雕栏。

山浮海上青螺远，天转江南碧玉宽。

雨槛幽花滋浅泪，风扉清酒涨微澜。

游人若论登临美，须作淮东第一观。

　　是烟花三月，辞别了远方的故人，赶赴细雨蒙蒙的扬州，一路上行走的风景消逝成过往。那些搁浅在岁月深处的记忆，有如含苞的花蕾，等待阳光雨露的开启。

　　拂过红尘薄薄的帘幕，在古旧的庙墙里，寻一阕菩提明镜的偈语。那一处古典的牌楼，落满千年的尘埃，进与出之间，收存着深浅不一的心情。

　　嵌于山门外墙壁上的"淮东第一观"石刻，犹见岁月风采。当年秦少游与苏辙同游大明寺，秦少游写下"游人若论登临美，须作淮东第一观"的诗句。之后，更多寻幽的脚步纷至沓来，有统领天下的君王，有仗剑江湖的侠客，也有渔樵淡泊的隐士。他们携书横琴，于寺中听禅访僧，留下了心性迥异的笔墨，也留下了浓淡不同的感悟。

　　姹紫嫣红，青梅已是旧物；莺飞蝶舞，春光不似当年。没有寻访，与琼花是不期而遇。那淡雅怡人的幽香，洁白如雪的芳瓣，在春风的枝头悠然摇曳。"维扬一株花，四海无同类。"琼花在扬州最负盛名，一簇簇雪白的香影，如玉蝶起舞，似婵娟盈梦。在季节的纸端，留与诗人吟咏；在湿润的笔下，留与画家描摹；在古典的楼阁，留与工匠雕琢。

当年隋炀帝为了下扬州看琼花，开辟京杭大运河，踏遍江南春色。"我梦江南好，征辽亦偶然。但存颜色在，离别只今年。"琼花树下琴与剑，飞觞斗曲醉风流。然料峭春寒，梦似南柯，醒来时江山已改，富贵已是烟云。琼花似剑，一瓣封喉。帝王的手抓不住春天飘飞的衣袂，只能在一段苍凉的箫声中远去，连挥别也成了多余。

时光锈蚀了许多往事，流年似水而过，韶光过眼成空。烟雨中的琼花饮天地之精华，汲古刹之佛光，抱着枝头，听一段心生万法、万法归心的禅音。

夏·碧池清莲

白莲
唐·陆龟蒙

素蘤多蒙别艳欺，此花端合在瑶池。
无情有恨何人觉？月晓风清欲堕时。

别过春日的温存，走出烟雨情境，满怀禅意的心，步入另一个季节里。穿过竹枝的风声，走过苍苔的阶影，在庙宇回廊，寻找前朝的旧梦，寻找佛陀的背影。

　　一座石桥横在碧池之上，临水而居，也有禅的姿态。隔着明月晓风，隔着古岸垂柳，过往的历史，还有散落的文明在山水中缄默不语。

　　莲花拨开尘世的迷雾，佛光倾泻在每一朵花瓣上。佛的性灵是流水的性灵，是明霞的性灵，也是万物的性灵。云外的青鸟，传递一点灵犀，在水中探看孤舟的前生。暂且泊下心事，借着明月的冰弦调几曲梵韵，在菩提的画境里，留住高僧来往的步履。

　　唐朝大明寺高僧鉴真曾五次东渡，皆因官府阻挠，或浪击船沉，未能成功。最后一次他发愿过海，登临日本，传扬戒律。他带着扬州的莲种远帆东去，历尽艰辛终抵日本，将莲种植在奈良唐招提寺内，称"唐招提寺莲"。经过千年辗转，这莲种再与中国的莲种相配，培育成新的品种，取名为"中日友谊莲"。如今，它们静静地生长在明清时代的石盆里，守护着大明寺的春秋岁月。徜徉在画楼庭院，仿佛看到鉴真禅师静坐在莲台之上，讲法诵经，将唐代的明月与经卷遥寄到今朝。

　　你乘莲舟而来，又乘莲舟而去，来时你是过客，去时你是归人。佛问道："香是何味？烟是何色？莲花是何影？菩提是何境？"悠然之处，不可思量，只剩得浅淡的回忆，在人生的行程中刻下慈悲的缘法。

秋·庭院桂影

秋夜曲

唐·王涯

桂魄初生秋露微，轻罗已薄未更衣。

银筝夜久殷勤弄，心怯空房不忍归。

　　第一枚红叶落在古寺的苍苔，惊醒了沉睡在秋天的禅境。那一处湖岸，西风拂开垂柳的帘幕，疏离的枝丫间，还有伶仃的寒蝉唱彻淡远的秋心。许多时候，萧疏要比繁华更耐人寻味。佛家求静，宁静而致远，淡泊以明志。

　　宽阔宏伟的石台上，一座栖灵塔巍然挺立，塔顶直冲云霄，驰骋天地，傲视古今。在隋唐风起云涌的乱世拔地而起，历经烟火的冲洗，看惯王朝的兴废，依然携一身的仙风灵气栖于古刹。

　　晶莹玉润的佛舍利，泛着剔透的金光，照耀曾经的锦绣，今朝的秋尘与明日的风云。妙相庄严的大明寺走来了一代又一代的诗人词客，他们吟咏了大江东去，探看千里河山，走过古道长亭，又收藏了淮南皓月。在历史的风尘中，那些过往的线条，雕刻着同样起落的故事。

　　明净无尘的天空划过几只飞鸟，衔着山影，撩拨水心，不知何处而来，不知何处而去。只是拾捡几粒佛珠，在楼前庭畔栽种西竺的佛经，广结世间善缘。

桂花香影倚着佛堂的轩院，对着明镜般的朗月，看时光一点一滴地老去，了然无迹。幽淡的花蕊落于草径石阶，落于琴台棋盘，铺展季节的思想，也叠合心灵的悸动。可曾有多情的过客，背着香囊，扫拾起满地的落花，留存芬芳的记忆，还有记忆深处一段仙佛的意境？

幽静的禅房里，不知是哪位僧人漫抚琴弦，奏一曲禅韵深远的古调，兴寄江烟，意随明月，记下悠悠淡泊的流年。

冬·古寺梅雪

雪梅

宋·卢梅坡

梅雪争春未肯降，骚人阁笔费评章。

梅须逊雪三分白，雪却输梅一段香。

雪落人间，满地银琼，千年古寺染一色洁白，以朴素无华的淡泊风骨隐于山林水畔。仙人旧馆、御碑亭间，几枝寒梅在飞雪中竞放，临着短松苍柏，临着古石翠竹，漫数着南北来往的漂萍游迹。

晶莹透骨的雪花，穿枝弄影，落入乾隆玄幽芳泽的杯盏，落入石涛精妙传神的画境，也落入欧阳修飘逸轻灵的诗里。素白的天地间，不知是梅雪的意境，还是踏雪寻梅者的意境，抑或是人间万物的意境。世间风景天成，许多触手可及的景物，只能得其形色，不能深得其神韵。待到时过境迁，云烟散去，留存的只是浅薄的记忆与平淡的心绪。

自古以来，山寺中有茶佛一味、茶禅一味的超然意趣。寺中的僧侣寻雅于梅林，在待月亭里，盛古井中的甘露，集梅花上的香雪，烹炉煮茗，读经下棋，观梅赏雪。一盏洁净的清茗，集花草之仙骨，含天地之灵卉，可谓玉露琼浆，人间佳品。

立于飞雪花影之间，感叹造物者之神奇，你会深刻明白，梅有梅的风骨，雪有雪的韵味，人有人的品性。世间万象，万象于心，心生法，法自空。有一天你参悟佛法的精妙，也就能参悟人生的底蕴。

温暖的阳光下，那长长的竹竿上晾晒着黄色的僧袍，流动的脉络在风中悠然飘逸。仿佛看到许多的身影，于璀璨的佛光下，端坐如莲，努力抵达慈航的法界。

回望古刹四季的长廊，如一阕轻灵雅致的诗文，若一幅水墨写意的画卷，又好似一本禅意深远的经书。人间事只为因果纠缠，大明寺的风采乃至历史的风采，一直洁净到今天，还会洁净到永远。

悠远的钟声，敲醒了远古与今朝的梦境。短暂的徜徉，在庙宇间借着空灵的禅意，扫去一抹心尘，了却几段牵挂，虽不是了空者，亦不是遁世者，却自有一番滋味。或许是佛家说的般若味，也许世事本来就是空味。拂开古刹的云烟幻影，折叠起思索的长卷，明月的去留，就是你的去留。

金陵别境栖霞寺

沿着长江的堤岸，携带灵魂与精神远行，打理思想的藤蔓，捕捉时光的背影。在流水的脉络里抵达南京，这座历史上称为金陵的六朝古都，有着绮丽的江南风景，雅致的风土人情，浓郁的翰墨清香，亦有着清远的佛学文化。

那些古典的楼台水榭装点着秦淮河岸姹紫嫣红的风景，精致的青瓷玉石放置在金陵达官贵人的府邸，锈蚀的刀戈剑戟又出现在大明王朝的哪段争权夺位的战争中？站在大河的岸边，流水的脉络是文化的脉络，是历史的脉络，也是城市的脉络。

去栖霞山不仅是为了那一脉红叶，更是为了寻觅幽栖在山林的香火古刹。栖霞山深远的历史古迹，秀绝的自然风景，厚重的文化底蕴，使其负有"一座栖霞山，半部金陵史"的千秋盛名。栖霞寺始建于南朝齐永明元年（483年，一说永明七年），由平原居士明僧绍舍宅为寺。

那是个佛教盛行的朝代，那时的帝王兴土建寺，精研佛理，雕塑佛像，描绘佛画。唐人杜牧有诗云："南朝四百八十寺，多少楼台烟雨中。"可见当时寺庙的广泛与瑰丽。栖霞寺内梵宇重叠，气象壮观，在唐初期与山东灵岩寺、湖北玉泉寺、浙江国清寺并称天下"四大丛林"。

在烟火中半隐半现的栖霞寺，看似只是寻常的江南古刹，只有深入之后方能发觉其锦绣风华皆藏于腹中。收存着南朝遗韵、唐宋格局、明清风貌，也融入了历史人文、风土民情、禅学精髓。千百年来，无数行人留下了探询与叩问的身影，留下了发掘与求证的脚步，使得栖霞寺积淀更多深刻的文明与佛味。

游栖霞寺

唐·李建勋

养花天气近平分，瘦马来敲白下门。
晓色未开山意远，春容犹淡月华昏。
琅琊冷落存遗迹，篱舍稀疏带旧村。
此地几经人聚散，只今王谢独名存。

精深玄妙的佛学以般若神韵渗透在尘世间，那博大的文化、灿烂的佛光散落在江南、塞北、高原、西部，使得苍凉的土地也滋生出葱茏的繁花。无数的寺院高僧，无数的佛教圣徒，在荒野的古道上行走，一路膜拜，一路朝觐，探寻着深邃的中华文化，也拾取了灿烂的佛学经典。

江南的寺庙犹见其灵秀与飘逸，那些楼台沉浸在氤氲的烟雨中与缥缈的香火里，伴着山水风月、诗词书画、戏曲评弹，还有清茶的禅机仙气。这就是江南，悠久的古刹濡染着灵山秀水、地域文化，还有淡然闲逸的风雅。只要你深刻地闯入佛家境地，那悠远涤尘的梵音就会洞穿你灵魂的命脉，那缥缈绝俗的香火就会浸洗你思想的源泉。

栖霞寺闲隐在栖霞山，藏于层林深处，隔着江岸，就能听闻隐隐的钟声。行走在逶迤的山道，临着烟树云海，远眺奇峰险壑，这被蔓草掩映的山径，仿佛是上古神仙出没的地方。在万象的苍茫中蜕去一身肉骨凡胎，以恬淡的心怀走进栖霞寺，走进古刹千年的禅境里。

寺前那一块明征君碑以浑然的气韵装饰着庙宇的文化，也引领外来者的思想抵达僧佛的国度。明征君碑是初唐时为纪念明僧绍而立的，碑文为唐高宗李治所撰，唐代书法家高正臣所书，碑阴"栖霞"二字，传为李治亲笔题写。明僧绍是南朝人，博通三教，精于佛学，隐居于栖霞山二十余年。几十载的光阴，付之与栖霞，常伴晨钟暮鼓，传教无量寿佛。

游栖霞寺

唐·张翚

跻险入幽林，翠微含竹殿。

泉声无休歇，山色时隐见。

潮来杂风雨，梅落成霜霰。

一从方外游，顿觉尘心变。

　　神圣庄严的栖霞寺，被悠远的时光湮没又被后人反复修建，那些云烟过往，在明亮的阳光里，一点点消融。消融在西窗夜雨、秋池庭阁间，消融在香火烛影、经卷佛龛里。那些细雕与浅绘的花鸟虫鱼、珍禽异兽，以及佛教中的人物故事，无不见证这个古老民族与西竺文化的悠久与厚重。

　　当灵魂的羽翼在浩瀚的佛国里飞翔时，会不经意地与某个菩萨迎面相撞，那片刻的邂逅，可以濡染几分性灵，滋长一点慧根。游走在亲和的弥勒佛殿、庄严的大雄宝殿、精致的毗卢宝殿与深邃的藏经楼，那些精湛的雕像，禅寂的色彩，蕴藏了内敛而灵逸的佛文化。这文化以精深的佛理、玄妙的禅机走向世界，渗透了大江南北。

　　面对精妙的佛法，许多没入世俗的人得以看透生死，也悟懂人生的哲理。捧起一本经卷，卷角处的折痕，记载着时间的沧桑，那薄薄的扉页，不知还留有谁的手温。

游栖霞寺

唐·皮日休

不见明居士，空山但寂寥。

白莲吟次缺，青霭坐来销。

泉冷无三伏，松枯有六朝。

何时石上月，相对论逍遥。

穿行在古寺记忆的长廊中，还能分辨出唐宋风雨与明清岁月遗留下的淡淡痕迹。那些过往就像江南精美绝伦的青瓷，透过阳光的折射，闪耀着温婉与灵性的光芒。

拜过了玉佛殿那披金着彩的玉佛，在慈悲的佛祖面前抛掷一些卑微的俗念，安顿浮躁的灵魂，从此后在佛禅的意境中来来往往。在披就一身仙风灵骨的舍利塔，仰望高天流云，在历史中缄默无语。

舍利塔始建于隋文帝仁寿元年（601年），由白石砌成，塔顶为莲花形状。进入塔内才会懂得古塔的精妙与潜藏的禅机。出神入化的浮雕，每一尊佛像所蕴含的文化与所寄寓的佛法，都引领世人进行着不倦的探问与追寻。舍利塔身后的山岩中蕴藏了一组南朝时期开凿的石窟，内凿佛像五百余尊，称千佛崖。

其间最大的佛像是无量寿佛，高达十米，左右为观音、大势至菩萨立像，组成西方三圣。这些南朝遗韵充盈着佛典意境，闪烁的佛光点亮了世人晓梦中渴念已久的慈宁，不期而遇的相撞，就会令人怦然心动，及至大彻大悟。

倚着石栏独自凝思，看枫叶染红曾经青翠的山峰，那种被季节涂抹的美所呈现出的壮观。栖霞山不仅遍植山药，更有醉人的枫叶红在秋风的枝头摇曳。一枚经霜的红叶，在阳光下闪耀着触目惊心的璀璨，它斜挂在古刹的墙头，若有所思地参悟着精深的佛法。

红叶传书，明月寄怀，仿佛看到过往的高僧在青灯下禅坐诵经，一枚醒目的红叶夹入经卷中，记载了又一岁的年轮。那些生动的背影、红枫的往事，镶嵌在庙宇屋梁上的古铜镜里，连同那轮澄明的霜月。烟霞若秋光，绮丽的繁华转瞬已成空境。流水似弦歌，临着幽涧弹奏春风的曲调。记忆在时光的路径上纷纷扬扬，一枚红叶怀想佛祖慈悲的恩典。

栖霞寺云居室

唐·权德舆

一径萦纡至此穷，山僧盥漱白云中。

闲吟定后更何事，石上松枝常有风。

云雾的苍茫在天地间散开，无须揭开栖霞古刹幽玄的秘境，它走过千百年的风雨，该变迁的早已有了变迁。如今的庙宇在烟火中日渐古朴，一砖一瓦，一花一木，都飘散着禅的韵味。

夕阳西下，明月出山，巍巍的栖霞山依旧静默着，滚滚的长江水兀自流淌。一条河流的源头是历史与民族的根脉，将许多人的命运紧紧相系。风烟中的古刹楼台，如同一幅幅搁置泛黄的国画，墨飘千年，沧桑厚重。或倚涧，或附岩，或舒展，或铺叠，浓淡有致，形态万千。这些古老的建筑承袭着佛教的文化，遵循自然的法度，每一扇开启的窗，都可以在质朴中寻找内敛的深度。

悠悠沧海，欲渡无边，佛有神术，造化桑田。是一座禅境悠然的江南古刹，它所展现的历史画卷与佛文化使得许多世人匆匆奔赴。是仿如天籁般的绿水青山，以灿烂玄冥的风景等待世人虔诚地造访。他们朝拜古老的文明，敲叩深掩的重门，探寻佛陀的世界。

风烟里那一座钟楼长时间保持一种挺立的姿态，如一株莲花在水中的姿态，它明远的钟声将那些在黑暗中摸索的人牵引到光亮的地方。醉心于山寺的风景，忘却了红尘的归路，不知谁的故事，遗落在十月的栖霞。

红尘隐

是为了避雨才走进寺庙的，日子在悠闲中已入秋。踏进槛内的那一瞬，我回首看了来时的那座青石小桥，桥的对岸已是昨天。这桥有着云烟般的名字，它沉睡着，也许只有在雨中才会苏醒。

这个时候离红尘很远。缥缈的烟雾载着云梦般的世事远去，无影亦无痕。烧香的人带着一颗很窄的心来了，在匆忙间，将灵魂藏在某个有莲花的角落，又飘忽离去。

梵音是永不停止的，千百年来，只有端坐在大雄宝殿前的两株梧桐才能深悟它的空灵。有许多僧者的一生都是在沉默中度过的。他们从前世逃离到今生，又怀着清澈明净的心去赴来世的约定。在青灯古佛下，一次次告诉自己断却孽缘情债，去相信世间的因果轮回。

　　我的思绪被钟鼓声催醒，天色已近黄昏，该是他们诵晚课的时间了。我没有像往常一样跪在蒲团上倾听，同他们一起朝拜庄严慈悲的佛祖，那些经文似乎早在千年前就已听过。今生，我也想过要做个淡远超脱的隐者，幻化一身的仙风道骨，归卧深山古刹栽种菩提。可我有俗忧、俗虑，无法忘却过往，也没法不去怀想将来。于是，我感动世人感动的一切，坚心做个凡尘中的女子。

　　在不经意间，我来到一间僧房的门口。门虚掩着，好奇心让我想推开它，看看清心的僧人过着怎样一种简单的生活。是否如想象中那样摆放一张木床，木桌上摊开一卷经书，一方木鱼，一盅清茶，一盏香油灯？抑或是在墙壁上斜挂一管洞箫，在窗下横放一张绿绮琴？房内一定整洁素净，还溢满清幽的檀香味。我没敢打扰，寺中有太多的清规戒律，我只是个凡人，更何况是个女子。其实，所有人心灵的门扉都是虚掩着的，而推开那扇门的人就是有缘人。我相信姻缘宿命，只是我今生的那扇门扉，又将会是谁来轻叩？

宿山寺

唐·贾岛

众岫耸寒色，精庐向此分。

流星透疏木，走月逆行云。

绝顶人来少，高松鹤不群。

一僧年八十，世事未曾闻。

　　湿软的桐叶落在石阶上，我有些不忍踩过去。一座高墙便让人远离滔滔的尘寰，养在深院的雨也有着一种隔世的寡静。走进这肃穆庄严的宝殿，谁还会将罪恶与肮脏携在身上？即使曾经误入歧途，丢失过善良，这儿也不会和你计较，它会给你时间去弥补人生的缺陷。当怒放的佛光洒在身上时，你可以带着一颗轻松的心去飞翔。

有鸟栖息在大殿的檐角上，以一种安详的姿态眺望远方，见着了山水也就寻到了故乡。有的时候，年月不是距离，哪怕在千百年后，某个瞬间的片段也依然会清晰。

人间富贵花间露，纸上功名水上沤。幽静的山林自然有种忘我的美，可我也只是带着一颗平常的心来的。如果有一天佛为我开启心门，我想我终会再来，那时我就再也不离开了。

当我看着僧者诵完经文，沿着长廊缓缓回到自己的厢房时，留下的只是风一样的背影。那一刻，我明白，结局是注定的。

踏出槛外，雨已停息。寺庙的门口摆着许多卖香烛的小摊，路边还有许多专为人称骨相面的江湖术士。有个留着银须的老者，不停地用手召唤我止步，嘴里嘀咕着我听不清的话语。我没有回头去看那双好似知晓我过去与未来的眼睛，一切自有结果。

灵山圣境

我似乎总是在行走，没有远途的跋涉，却翻越几重蓬山，涉过浩渺的太湖。我有预感，有一处梦境，等待着我抵达。

我听说，江南的梦像落花一样轻。她会在时间静止的时候，有情有义地醒着。

我应该有一段经年的心事，在蓝色的深沉里，拨去天光云影，做一次无尽的冥想。我应该有几度迁徙的历程，在岁月的疼痛中，寻觅前尘旧梦，做一次无言的回首。

有鸟从远方飞来，它借给我翅膀。沐浴清风的姿态，我忘情地飞翔。

那偶尔掠过的云彩视我为一粒粉尘。在水流的地方，我的飞翔变得有些慵懒。短暂的徘徊，让我在此岸企望抵达彼岸的方向。这个过程足以收蓄烟云，成就生命的底色。

千帆过尽，回望苍茫的太湖，无岸无渡，只有一叶小舟划过昨天。

湖光万顷净琉璃。

佛坐落在群山之端，以祥和的目光，俯视着人世间无常的悲喜。层叠的青山，清澈的蓝天，洁净的白云，仿佛在提醒人们，这儿拒绝所有的浮华。

我知道，我已进入灵山，这是红尘中没有的圣境。空远的视野，仿佛到达天的尽头。而这尽头，可以舒展狭小的心灵，足以让你放下所有的爱恨，让沉重得以歇息。

几排汉白玉石柱澄澈人间的平静，又似乎隐含着昔日的文明。白玉的石阶依然醒目如初，只是不知承载了多少过客的脚印？也许这儿曾经存留过黯淡的背影，收藏过失落的回眸。他们不愿在净化心灵后又仓促地回到尘世间，不愿匆忙地湮没在拥挤的人流里。

放生池中，定是一片无尘境界。几尾鱼儿在悠闲地游弋，它们因为长在这方宝地，而过上了神仙般的生活。这儿的鱼沾染不到尘味，它们魂清骨净，自在逍遥。几朵睡莲惺忪着梦呓的双眼，似是而非地看着这个世界。荷盘上的清露，乃琼浆玉液，也是我等凡人不得摄取的。

佛还在远处，我还得行走。阳光倾泻在佛的身上，逶迤地流淌。那光芒刺痛着寻梦者的眼睛，再洒落到我身上时，我已渐渐地消融。佛说："凡是沐浴阳光的人，所有的祈愿都可以满足。"为这句话，我轻盈自如，体验到生命的自在。

洗去尘埃，我选择水的形式，流淌。

穿过这道红色的门扉，我将抵达佛的心脏位置。而此刻，我还是今生的我。

行走在宽敞的石径，两旁栽种着上好的菩提。微风吹来，菩提散着淡淡的幽香，浸润着每一个角落。我渴慕树上可以落下几粒菩提子，拾捡起来穿成珠子，伴随我远走。抑或是寻找一个地方栽种，让慈悲在人间流转。

梵音响起，那些宁静的音符随着菩提的幽香，洒落在我的心上，但我分明能感觉到它的重量。我向佛的更深处走去，向生命更深处走去。

烟雾之中，仿佛又进入一个梦境。我看到许多的香客正在点烛烧香，朝拜着佛的方向，朝拜着绿水青山，像是在朝觐生命的过程。

心在瞬间静止。点烛，燃香，我默立在铜鼎香炉前，静静地朝拜，轻轻地叩问。而佛是否真的在聆听？

朝人流的方向走去，他们在抚摸一只佛手。人说："触摸佛手，便可以沾来一年的好运。"当我贴上去的那一刻，有一种凉，从指端穿过经脉流淌到全身。原来，我与佛可以这样相融，天衣无缝。

我没敢抬头望佛，怕他悲天悯人的目光将我摄获。待离开时，我的心会更加空落。试图驻足，可是那遮掩不住的钟声频频相催。

丢下怅然，继续行走。我知道，倘若丢了今生，我必定可以寻回前世。

倚着白玉扶栏，我拾阶而上。

阶梯宽而长，让人以空灵的姿态仰望人生的高度。我穿行在光与影的交界，尘间与尘外的边缘。待走完，仿佛耗尽半世的光阴。

推开虚掩的重门，又脱一副俗胎凡骨。我不知道这样的行走是拾捡得多，还是丢失得更多。只是，入了佛门，又怎能再去计较得失？

不是误入佛家境地，我是带着心来的。大大小小的佛像以不同的姿势和表情尽现眼前，让我领悟到西方极乐净土的精深博远。

香案雕刻着各式的花纹，细致而精美。我试想着，这位雕花的工匠，一定也是生长在江南，不然又怎会知晓这临水莲花、画舫楼台，又怎能拥有如此精细的心事，如此不倦的闲情？

案上摆放着几盏油灯，那看似微弱的光芒却从未熄灭。还有几摞经书，泛着时光的黄晕，却掩饰不住它的幽深禅意。我取了一本，打算在归去后，寻个闲暇的日子静读，不求参禅，但求清心。

这是僧人诵经打坐之处，他们整日面对千佛悠然的意境，试问心中又怎会滋生尘念？

跪在莲花蒲团上，双手合十，许一段红尘的心愿。屋梁上垂吊的檀香徐徐地萦绕，那面可以透视人间善恶的铜镜倾泻着白色之光。佛不度我，他说万物皆有定数，我自有我的宿命。

我叩首，任尘缘虚无地起灭。

登上阁楼，我的梦也行将走到尽头。

我抵达佛的脚下，与他只有一步之遥。他头顶着蓝天白云，高大地耸立在群山之间，眉目慈祥，静静地微笑。我久久地凝视，在佛面前，我忘却来自尘世所有的苦难，忘记悲喜无常的人生。这一刻，我能做的，只有安宁。

铜铃在风中发出清脆的声响，仿佛是一种召唤。抬头望佛，细细地端详，他的眼中有着无尽的含容。无论你从哪个角度将他凝视，他都在与你对望。佛可以洞穿世事，可以直抵我的心灵。

我用指尖轻轻地抚摸佛趾，短暂的瞬间，仿佛明白，我与佛本没有距离。就如同尘间与尘外，亦没有距离，心可以带着我抵达任何一个想要去的地方。哪怕隔着万重蓬山，也近若咫尺。

置身在这如烟如梦的灵山之境，临着高大神圣的佛像，不由得惊叹造物者之神奇。该要何等的气魄，才能建造出这样巧夺天工的传奇？

我想，这些工匠，有的出自江南，有的也许来自遥远的塞北。他们离开家园，聚在佛祖的脚下，此生定会为有过这样一次际遇而感恩。是的，感恩，如同我，余下的只是感恩。

石壁上刻着许多当年造佛时捐资者的名单，一行行，深浅地记载着他们的善举。若干年后，当他们或他们的后人行经至此，面对这方山水圣境，从石壁上找到熟悉的名字，又该会是怎样的欣慰？

当梦醒之时，谁还会知道，有一种追寻叫归去？

再看一眼佛，我将离去。

我收拾放飞的心情，沉沉地叹息。眺望远水近山，浩然的景致让我感到自身的渺小。究竟是什么让灵山给了我家的感觉，使我不忍离开？这样淡淡的情怀，可曾浸润过其他游人的心？

循楼而下，沿着阶梯，感觉生命随之下沉。原来，来时与离去的感觉果真不一样。那些迎面而来的稀疏游人，朝着我走过的地方前行。他们此刻的热忱必定会换来与我同样的失落，这就是佛家所说的轮回。

走完阶梯，穿过石径，越过房檐，绕过梵音。菩提细细的幽香，在风中越飘越淡。我没能捡到菩提子，却拾得来自初秋的第一枚落叶。

在它飘落的那个瞬间，我明白，终有一天我会像秋叶一样地死亡。

离时已不如来时那般喧嚣，生命走到最后总是寂静。待到暮鼓响起，人去院空，佛只有独自感受这初秋的薄凉。

走出灵山，暮风有几分沉重。无言的背景被我遗留在身后，佛看着我逐渐黯淡的背影，会滋生些许怅然的失落吗？我为自己的多情笑了。

穿过迂回的山路，远处的太湖，在夕阳映照下泛着金色的光芒，倾斜地打落在我的身上。太湖还是来时的太湖，小舟却已非昨物，而我又是否是来时的我？

佛没有回答，因为我已远离。

锡惠散怀

来的时候，我知道自己是孤独的。没有匆匆的行色，没有喜忧的心情，在初秋的早晨，我就这样走来。我来寻觅些什么？是古时王朝逐渐黯淡的背影？是长亭别院里一潭闻名天下的第二泉？是青山之间幽深的江南古刹？还是曲径通幽的古老园林？锡惠的秀水青山，又能告诉我些什么？

天下第二泉

惠山谒钱道人烹小龙团登绝顶望太湖

宋·苏轼

踏遍江南南岸山，逢山未免更留连。

独携天上小团月，来试人间第二泉。

石路萦回九龙脊，水光翻动五湖天。

孙登无语空归去，半岭松声万壑传。

初秋的风已略带凉意，偶有落叶稀疏地飘零，行走的人流丝毫感觉不到它萧索的重量。一缕阳光将我的心事拉得好长，我在寻找有水流的地方，寻找那位拉二胡的盲人先生阿炳。

二泉，仿佛一切的一切，都与那清澈的幽泉相关。

青石铺就的小径，尽管承载许多行人的脚印，可依然苔痕斑驳。这里的石板，仿佛永远都带着湿润的印记，踩上去，自有一种沁骨的清凉。

弯曲的长廊，坐落在池塘之间，有回风淡淡地流转。倚栏看荷，花瓣已褪落，成熟的莲蓬孕育着饱满的莲子，这是收获的喜悦。可残荷枯茎又难免有种繁华落尽的落寞。荣枯本寻常，生命的内核在自然间得以完美地展现。

两扇深褐色的重门向游人敞开，它们在提醒着人们，这儿曾经有过繁华与诗情。我轻轻地触摸门环上的铜锁，希望能叠合古时某个文人或智者的手印，抚慰我至诚怀古的心。

踏入门槛，映入眼帘的就是五个大字：天下第二泉。黑白相间是那么地醒目，静静地雕刻在石壁上，昭示着它不同凡响的美誉。有藤蔓攀爬在石壁的檐角，那些青葱的枝茎任意往不同的方向伸展，直至抵达它们想停留的地方。

相隔不远的长亭有乐曲缓缓流淌，这儿有老者为人演奏《二泉映月》。一袭青色长衫，满是皱纹的双手，迷离之境，会让人误以为他就是当年的阿炳先生。遥想当年的月夜，阿炳临青山幽泉，独自在此演奏二胡，又是怎样的心境？今人总是会以这种形式去怀想古人，只是那些庸碌无名的凡人，又有谁会想起？

当我俯视那誉满天下的二泉之时，心中竟生出了许多失落。栏杆将我拒绝在古井之外，当年的两口泉眼如今已成了死水。看不到汩汩的清泉流淌，看不到湿润的青苔攀附。水泥砌就的古井，被栏杆围绕，而今只成了让游人观赏的景点。当年京城的人长途跋涉只为舀得几瓢二泉之水，供帝王烹茶煮茗。然泉水已涸，那个精致的年代也相隔渐远，可历史却从来不曾被改写。

沿着石径穿行，长廊附近摆设着几家茶坊，供游人歇脚品茗。水自然不是二泉的水，茶也不能洗去凡尘，只是处身在青山古迹之间，亦有一种别样的闲情。

微风有几许慵懒，想坐在竹椅上点一壶茶闲饮，又怕生出更多的疲倦，终究还是作罢。彷徨间，脚步有些起伏不定。

丢下二泉的背景，我赶赴另一个约定。

惠山寺

题惠山寺
唐·张祜

旧宅人何在，空门客自过。

泉声到池尽，山色上楼多。

小洞生斜竹，重阶夹细莎。

殷勤望城市，云水暮钟和。

还未见着寺庙，已听到空远的钟声。江南的古刹众多，惠山寺只是万千中的一座。

我拾阶行走，穿过几重古门，穿过参差的老树。抬眼望去有四个字让我凝神片刻：不二法门。这是否象征着一种执着？也许入了佛门的人就不再有出尘之念。这短暂的凝神让我生出某种意愿，我愿意做一个在佛前卖香的女子，听着梵音，过着清静无求的生活。只是这样的愿望也成了奢侈。轻轻叹息，没有人听到。

大殿里有正在作法的僧人，他们唱着梵音，让人进入虚远的梦境。我没有进去朝拜佛祖，怕这肉体凡胎领悟不了佛的奥妙，亦怕会闯进一段莫名的心事里。远远地看着僧人身披袈裟的背影，眼中闪烁着晶莹。

穿过不二法门这道小门，又是一番胜境。石阶上坐落着古老的庙宇殿堂，背后就是隐隐惠山。西竺留痕，这四个字仿佛让人看到了西方之境，在蓝天白云之下，觉得自己竟是这般渺小。不敢行走，坐在石凳上，只是静静地观望，观望这儿的一切。

　　窗明几净，这儿似乎从来都沾染不到尘埃，就连屋顶的青瓦都清澈无尘。我喜欢看微翘的檐角，那样孤傲地眺望远方；喜欢看一扇扇或开或关的雕花古窗，那形态各异的花纹，精致唯美的雕工，让人做着江南的梦。雨打芭蕉的黄昏，那些僧者又会以何种心境推窗听雨？明月如霜的月夜，他们又会以何种姿态临窗观竹？这样想着，未免有些诗情画意，只是我相信这些意象曾经一定有过，而今也依旧留存。

　　回头是岸，我沿着旧路寻回，又过一重石门。一棵六百余年的古银杏坐落在庙前，它历经风雨的洗礼已落下沧桑痕迹。据说这是当年寺里一个小沙弥种的，人早已湮没在岁月深处，而树却会流经千年。生命之于生命，原来也是这样地不能平等。树上垂挂着许多的银杏果，一种无法触及的沉甸甸。陪伴这棵古银杏的也只有旁边亭子里的听涛石，它们相伴了这些年，见惯了人世的风霜。

　　一座高耸的御碑，雕刻着当年乾隆游惠山寺品二泉留下的诗句。这位雅闲的皇帝曾多次下江南，贪慕着这方山水灵逸的宝地。恍然，我仿佛看到这位帝王雍容华贵的背影。那锦衣摇扇、风流倜傥的才子，是乾隆吗？他走出了鎏金大殿，来到江南，这儿可有他失落的梦吗？

　　当我看到四大天王才知道自己朝着反的方向走了一次惠山寺。从后殿穿到前殿，其实并没有什么不同，走进与走出也只是在一念之间完成。我向前，是走出？我回头，是走进？门前水缸里养着的莲花，选择了沉默。

寄畅园

雨中游惠山寄畅园

清·乾隆

春雨雨人意，惠山山色佳。

轻舟溯源进，别墅与清皆。

古木湿全体，时花香到荄。

问予安寄畅，观麦实欣怀。

又是一重门，人生是否有这样一重门，走进去可以不再出来？原来我的思绪还停留在刚才"不二法门"四个字上。

寄畅园本是秦氏家园，想来这户园主定是拥有万贯家财，才得以在此畅快豁达地寄情山水。园林的风格属于明清时代，虽历经几百年的风雨，却依然保留得完整无缺。水榭亭台，雕楼画舫，还是旧时江南的景致。

回廊曲折，没有目的地行走。两旁栽种着翠竹，阳光透过青瓦洒落在石径，我始终踩不着自己的影子。

有几间狭小的书院，壁上挂着几幅写意古画。画中的景致便是江南，层层叠叠的古老民宅，临水而建，围山而修。长长的古桥朝着不知名的地方伸展，几叶小舟顺江而流，我觉察不到它们将停泊在何处。象征着锡惠的古塔坐落在山峦之巅，静静地俯视着那条流淌千年的运河，俯视着无锡古城的繁华背景。望着先人遗留的墨宝，游荡在古与今的边缘，那些古老的文明已伤痕累累，仿佛眼前的一切都是被粉饰过的平静。而我无力揭开这表层的景象，让岁月的嶙峋袒露在面前。

不如沿着水流的声音继续行走，或许会有更美的发现。层叠的垒石，堆砌成形状万千的样式，这些垒石，是自然的鬼斧神工，还是人为的巧夺天工？生命的美出于自然，可倘若没有任何的雕琢，也许自然也会变得索然无味。毕竟自然的景物需要一颗自然纯粹的心去欣赏，试问这样的心世间又存留着多少？

我择一块清凉的石板小坐，看水中的鲤鱼自在地游弋。它们常常可以享受游人带来的美食，不必担心世人的网罗捕捞。只是它们也许会厌倦这一小块净土，宁愿随波漂荡在江河湖海中，过着自古以来平常的生活。鱼儿如此，人亦如此，世间万物皆如此。

曲径婉转，石壁上雕刻了许多古时名家的书法，不同的字体蕴含着他们不同的心性，那些深深浅浅的雕刻遮掩不住他们起伏的人生。每一行文字，仿佛都可以看到他们生命的缩影。也许先人们并不曾想到，若干年后，会在这里做一次风云的聚会。

古木参差，园林的深处更是清幽。穿过回廊，走过石桥，池中撒落一些伶仃的树叶，任水漂浮。落叶仿佛总是和秋季相关，待叶落尽的时候，这儿又是另一番光景。我能做的，只是待大幕合起，人去园空时，寂静地冥想。

　　在山洞溪涧辗转，待走出，又回到来时的路。人生永远只是轮回，从起点到终点又归为起点，由平静到喧闹又归为平静。寄畅园也是这般，经历过繁华与衰败，继而又有不同朝代的人去修整。我看到那些翻新的古建筑，许多的工匠正热情地敲打堆砌。若干年后，青砖黛瓦都会渐次更换，再也不是当年的旧物。那时来寻梦的人，又还能寻到些什么？

　　再看一眼屋檐上的石莲花，我要离开。我知道，这里还有许多的门不曾推开，人生难免有错过，我无须刻意去执着。

　　天空飘起了细雨，秋天总是给人凉意。踏出厚重的门槛，我在想，不知园子里还收藏了多少不为人知的故事？不知谁的衣衫还晾晒在雕花的窗外？

　　我掸去发梢的那缕雨珠，沉凝片刻，不再回头。

多少楼台
烟雨中

滕王阁怀古

许多人的一生，都是沿着时光的脉络，在山水与人文的风景里寻找名流痕迹，挖掘美文佳句。他们也许没有高才雅量，也许只是天地间一粒渺小的尘埃，却依然做着含蓄与奔放的追求。滕王阁，这座位临赣江东岸的千年楼阁，古往今来，不知有多少人带着天南地北的烟尘匆匆将它赶赴。

他们走过水重山复，惯看秋月春风，借着浩瀚的江水打捞着曾经壮美的诗酒年华，也拾捡着遗失在楼台深处的古老片段。走过层层石阶，轻启楼阁的门扉，看看里面关住了多少风姿万种的梦想，锁住了多少波澜壮阔的故事。

重登滕王阁

唐·李涉

滕王阁上唱伊州，二十年前向此游。

半是半非君莫问，好山长在水长流。

怀着期待的目光走进阁内，与历史抖落的风尘邂逅，一幅汉白玉浮雕——《时来风送滕王阁》会令你穿越时光透迤的幻境，与过往的某段永恒有了深邃的交集。王勃负手而立，昂首远眺苍茫无尽的江水，翻涌的浪涛如同风起的时代，在寥廓的长河里洗濯文明的沧桑。

他一路风尘地赶赴，在长空万里的烟波中，放飞着睿智与旷达的思想，做着清醒的追求与不倦的探问。一场偶然的滕王阁盛会，他挥毫泼墨，恣意山水，铸就了一生的风华。斗转星移，曾经轻扬翻卷的历史云烟，在奔腾不息的江水中远去，只余下一抹高大的背影，淡看白云来去，明月低回。

远去的风景无须追忆，存留的遗迹却要珍惜。再上一层楼，行走的脚步无法丈量华夏民族的辉煌长卷。从先秦至明末的江西历代名人，被生动而传神地烙刻在壁画上，无须精致雕琢，无须深刻诠释，那飘飞的衣袂，那流转的神韵，尽现卓然的风采。

那么多的王朝，借着灿烂的文化背景，重现当年的千秋霸气。那么多的襟怀，在滔滔江河中，演绎一场紫气东来的万古乐章。他们主宰过历史，而历史又将他们沉淀。这一处楼台，收藏多少文人墨客的千古文章？

留存多少天子王侯的万世基业？眺望万里澄空，千峰推开层层云雾，江浪掀起滚滚波涛，那么多的雁迹萍踪，留下的又是一些怎样的风云过往？

滕王阁看王有信演《牡丹亭》二绝

明·汤显祖

韵若笙箫气若丝，牡丹魂梦去来时。

河移客散江波起，不解销魂不遣知。

桦烛烟销泣绛纱，清微苦调脆残霞。

愁来一座更衣起，江树沉沉天汉斜。

行走在蜿蜒的廊道里，不经意进入一段烟浪迷离的梦境，邂逅《牡丹亭》就如同邂逅一场姹紫嫣红的梦。墙上的壁画是一出春光流转的戏曲，在繁弦幽管中，缓缓地拉开了人生的序幕。当年汤显祖写完《牡丹亭》，在滕王阁首次排演这出惊梦离魂的戏，那宛若惊鸿的杜丽娘在生与死之间演绎着她的一往情深，生者可以死，死者可以生，谓之情深至极。

想那如花美眷，都付与似水流年；想那物华欣欣，都付与苍烟夕照。绿水青山，那风烟苍茫的历史，能消几处楼台？春花秋月，那千回百转的情事，经得几段歌舞？曾经的青春已经抛远，当年的韶光已然消逝，如今只能借着这座千古楼阁，将往昔的记忆重现。

滕王阁

唐·王勃

滕王高阁临江渚，佩玉鸣鸾罢歌舞。

画栋朝飞南浦云，珠帘暮卷西山雨。

闲云潭影日悠悠，物换星移几度秋。

阁中帝子今何在？槛外长江空自流。

循着淋漓的墨香，更上一层楼阁，当你与镶嵌在墙壁上的《滕王阁序》对望时，才会知道，纵然你只是这里的匆匆过客，也不会后悔有过这样不期的相逢。这种厚重的文化力量，会摄住你的魂魄，浸润你的心怀，会给你带来无言的风景和诸多况味。当年的王勃一定是站在此处吟咏，因为只有在这里才可以远眺秋水长天，才可以观望落霞孤鹜。

独立楼台，看沧浪横流，感天地玄冥，人生如同萍散萍聚，千年的转变也不过是瞬间。曾经那个吐纳烟云，将高楼望断的人身在何处？曾经那个沐风长啸，将栏杆拍遍的人又去了哪里？天地无声，只有一叶扁舟，在滚滚的江水中追风逐浪，它划过昨日的烟云故事，还能划过今天的如流时光吗？

站在楼阁的最高处，仰望彩绘描金的牌匾，它带着千年的风霜，落满岁月的尘埃，又被无数来往的游人用温润的目光擦拭。如今"滕王阁"三个大字悬挂在东、西重檐之间，远眺江涛，赫然醒目，与天地同寿，与日月争辉。

厅内的墙上，镶嵌着唐三彩壁画，一幅《大唐乐舞》的长卷，在丝竹的清音中迤逦铺展。那倾国倾城的女子，在芙蓉水榭处，舞一曲《霓裳羽衣》，摇曳的裙裾，似回雪飘扬。她们用明月笙歌、流水弦音，奏一曲大唐的瑰丽与风华。这是一出开场的戏，也是一出散去的戏。你来的时候，是这里的主角；你走了之后，这里又有了别的主角。无论是你走入戏里，还是戏曲走进你的梦里，无论你想要记得，还是选择遗忘，这场戏演过当年，又演过今朝，会演到永远。

携着一身轻快的风尘行来，背上沉重的历史回去，再沿着来时的廊道离开，每一个跋涉的脚印都凝聚了丰盈的回忆。这是烟霞行将褪尽的天空，有大雁载着想象的翅膀飞翔，在追求广阔无垠的精神领域里，怎能用锐利的思想将其斩断？怎能用狭隘的文字将其束缚？

登高望远，度量这里的风土人情，描绘这里的壮美河山，才发觉，曾经认为的肤浅其实是深刻，如今以为的深刻却是肤浅。一处看似消瘦的楼阁，实则蕴含了博大精深的历史文化，寄寓了雅逸无边的风韵。这样醉心往返于楼台的风景，会让你明白，每一次到来，都是一种离去，每一次离去，都是一种归来。

翻滚的江浪在低垂的夜幕中沉静，那承载着智性与豪情的江水，打湿了千年的文化履痕。楼阁璀璨的灯火，让人忘记了星空的烂漫，楼台深处阑珊的歌舞，在夜色中渐渐地隐去，直到无声无息。

滕王阁，有多少人昏沉着而来，清醒地回去，有多少人乘风而来，又满载而归，你知道吗？这来来往往间，你给过了多少转身的错过，又给过了多少刹那的相逢，你还记得吗？请相信那么多离去的背影，还会重来，那时候，来者已容颜更改，而滕王阁，你被历史的江浪冲洗，又让过客的故事滋养，纵然沧桑老去，一怀风骨却依旧温润如昔。

风雨黄鹤楼

　　风景是历史间一种真实的存在，而过客只是时光里散落的尘埃。当你抵达黄鹤楼观赏风景时，还不曾来得及滋生诗意旷达的想象，它已经流露出逼人的风韵与苍茫。虽说是初来，可是在诗书中邂逅过多回，系住了千丝万缕的情怀，更像是故人的再度重逢，有着熟悉又温暖的感慨。

　　悠悠千载的黄鹤楼，坐在淙淙的流水边，回忆三国的那场云烟，还有唐宋的风月，明清的从前，就这样，过尽一段又一段的似水流年。看那烟波江上，一叶顺流而下的小舟，划过碧水长天，划过往事如烟，它所追寻的又是怎样的一段永远？

　　倘若你带着历史的眼目去看黄鹤楼，它弥漫过战争的硝烟，孙权在此筑城，周瑜在此设宴。那些匆匆步履碾过黄尘古道，借着长江的水打扫风

云变幻的天空。当年筑此城楼的孙权，只出于军事目的，并不曾想到会名
垂青史，更不知道此楼会历经千年风雨沧桑，经过无数的兴废，依然横空
出世，屹立千秋。

　　来过的人万万千千，其间不乏王侯将相、文人雅士，他们之中能让后
人记住的却只有为数不多的几个。相信许多的人来到这里，都是怀着淡泊
的心境，放下对世间名利的追求，他们登楼望月，看烟波江水，并不希望
会在历史上留下深刻的足迹。然而世事就是如此，当你沉迷于仕途功名，
耗尽心力，到头来，反而是一场虚空。而你淡泊名利，寄兴山水，相忘江
湖，却是不留名处自留名。

黄鹤楼
唐·崔颢
昔人已乘黄鹤去，此地空余黄鹤楼。
黄鹤一去不复返，白云千载空悠悠。
晴川历历汉阳树，芳草萋萋鹦鹉洲。
日暮乡关何处是？烟波江上使人愁。

　　许多文人雅客来到这里，不知是寻觅那一去不复返的黄鹤，还是追
忆那乘鹤远去的古人？唐代崔颢沿着历史的古迹来到黄鹤楼，他面对苍茫
的烟水做着岁月流逝的感叹。那乘鹤的仙人一去不复返，只剩下空寂的楼
阁、落寞的白云，悠然千载。

　　情可生景，景亦可生情，不同朝代的人，面对黄鹤楼，会生出不同的

感慨。心境不同，所看到的景致也会不同，每个人都是带着不同的情感来追溯过往，探索未来。当年的崔颢登楼怀古，而今人再上重楼，又会以今时的思想去追寻唐朝的风物。

人生本是这般，因为不复回返，才觉得充满了多姿的传奇，才会留下无边的向往。当逝去的风景已无处寻觅时，更应该重新珍惜眼前遗留的美丽，而不必等到多年后再来重复一次怅惘的追忆。

登楼怀远，那打身边飘过的白云虽然无法触及，却知道它一直不曾远离。留得住的是过往的白云，留不住的是远去的黄鹤。临着江岸感受黄鹤楼苍茫的气韵，用短暂的光阴来度量过去与未来的距离。没有人知道，这期间将会造就多少春华秋实的美好故事，又会演绎多少悲欢离合的风雨人生。

相信这是一个漫长的过程，在细水长流的日子里慢慢地积淀出成熟的风骨，打磨出圆润的性情。有鸟儿打楼台掠过，惊醒了檐角的风铃，也惊醒了沉醉的旅人。借着飞翔的翅膀，再赏壮丽的山河，短暂的瞬间，只觉得过往的年华虚度，枉读了二十年的诗书。殊不知万物的风华其实就在大自然中，只需一个低眉、一段回首，春夏秋冬皆可入画，风霜雨雪自然有情。

黄鹤楼送孟浩然之广陵

唐·李白

故人西辞黄鹤楼，烟花三月下扬州。

孤帆远影碧空尽，唯见长江天际流。

黄鹤楼有过明媚的相聚，也有过淡然的别离，生命的旅程在风景中流淌，你无须知道这一路风尘得到些什么，只要记得你曾经来过。不知道这是李白第几次来到这里，在烟花的三月，他目送故人辞别黄鹤楼，乘一叶小舟，顺着长天江水，直下扬州。

自古以来，人与人之间有许多种情义，李白与孟浩然之间的情义，是一种文人相惜的情义，是被山水风物浸染的情义。遥想盛唐三月，他们背着诗囊行游天下，在这个叫作黄鹤楼的地方邂逅，把酒言欢，结伴登楼，看尽长江万里，感叹历史风华。

拾几片风景装进行囊，裁一段情义写入诗笺，不为千古留名，只想记住这个感动的瞬间。在这里，他们也许怅叹过仕途的坎坷，抱怨过现实的磨砺，可是面对这壮丽河山、风物人情，更多的是滋生心中那份诗意的梦想。只是短暂的停留，之后，循着各自的人生方向，继续远行。

再上重楼，看长河落日，整座江城沉浸在黄昏的烟霞里。是谁将情感放任在辽阔无边的天空下，让今人在浩瀚烟波中生出怀古的怅惘，又给后人留下了大江东去的想象。那壁画上的写意长卷，散发着淋漓的墨香，这是用千年世事酝酿的芬芳，纵然是肤浅的思想也会浸染深厚的底蕴。

时光是美丽的，它记得昨日潇湘水云的故事，哪怕落满岁月的尘埃，也依旧带着透明的记忆，收藏来往路人的灵魂，让他们在清醒中迷离，又在迷离中感动。你可以看见曾经失落的剪影，也可以看见过往得到的片段，面对那些消逝却依旧流淌的风景，无须去寻觅什么，就已经懂得它前世今生的命运。每一个背影的转身离去，都会有不同的错过，只是，既然来过，只要记住你曾经拥有，又何必再去计较那流失的许多？

与史郎中钦听黄鹤楼上吹笛

唐·李白

一为迁客去长沙，西望长安不见家。

黄鹤楼中吹玉笛，江城五月落梅花。

离去，在落梅轩的门前做了片刻的停留。来的时候，门是关闭的；走的时候，它又为谁开启？重檐翘角，镂花门窗，这么多的古典装饰，都是为了承接唐时遗风。"黄鹤楼中吹玉笛，江城五月落梅花。"诗中美丽的意象，给来往的路人留下落梅的芳香。当年李白接受现实的流放，途经黄鹤楼，听闻玉笛，西望长安，带着一种贬谪与落魄的惆怅。

五月的江城本没有梅花，只是玉笛声声，吹彻漫天花影，因为心境，让这本是寒冬时节开放的梅花，有了冷落的理由。落梅轩，你为何关住了那么多美丽的风景？你看，这么多天南地北寻觅而来的过客，在你门前徘徊，都不是你想要的吗？为了一份心灵的交集，你要固执地等待一生吗？为了一段刻骨的相知，你宁愿错过无数平淡的相逢吗？

　　黄鹤远去，白云依旧悠悠千载；孤帆远去，江水依旧流淌不息。在这里，历史是楼台的过去，而楼台又成了历史的追忆。那么多光阴随着江水悄然流去，那么多风物被一代又一代的人珍惜。

　　黄鹤楼，这么多年，你总是漫步在云端，平静地看着两岸的风月江天，看着世间的离合悲喜，你的心境已被岁月打磨得温润似水。来过的人，都不能将你忘记，而你却无须记住谁曾来过这里。

岳阳楼追忆

当生命散淡闲置，或者庸碌无为之时，也许你会渴望一种放逐。载着思想与人生去远行，你会发觉，许多的风景都会为你敞开心怀。你的起程，或许没有方向，可是每一次的停留，都会有一处景致与你度过一段时光。今日的光阴，就交付名扬千古的岳阳楼，交付烟波浩渺的洞庭湖。

来此之前，你无须懂得它昨日的风云和历史；来此之后，你自会知晓它有过的故事和永远。也许，你来时，岳阳楼不会将你等待；你走后，岳阳楼也不会为你牵怀。只是，生命中有过这样一段与风景相依的际遇，就足以填满人生那空白的一笔。

登岳阳楼
唐·杜甫

昔闻洞庭水，今上岳阳楼。
吴楚东南坼，乾坤日夜浮。
亲朋无一字，老病有孤舟。
戎马关山北，凭轩涕泗流。

　　每一处古迹都有一段或几段相关的历史，无论是名胜之地，还是荒远之境，都留存过先人的印痕。只是有些地方因为一个人、一句诗，或者一段故事，而得以千秋留名，有些地方不曾留有深刻的记忆，所以被世人遗忘，而显得平淡无奇。

　　来岳阳楼的人，追寻的不仅是洞庭秋波、楼台景象，还有当地的风物人情，以及古人遗留的文墨与思想。当年的杜甫也是慕名来到洞庭湖，登上岳阳楼，看着浩瀚无边的洞庭景观，将吴楚划分在东南两域，日月星辰都漂浮在湖面上。那时的杜甫，年老多病，沧桑入骨，没有亲友相伴，只是独自乘孤舟四海漂流，不知何处是归宿。

　　伫立楼台，看烟色苍茫，碧波无垠，小舟在如镜的湖面上往返，他心系边关战事，倚窗远望，禁不住泪流。这就是杜甫，纵然落魄他乡，一身病骨，也许他已无当年壮志豪情，可是忧国忧民之心不改。此时的你踩着历史散落的足迹，登上岳阳楼，遥望一湖碧水，又会滋生怎样的情结与感叹？

与夏十二登岳阳楼

唐·李白

楼观岳阳尽，川迥洞庭开。

雁引愁心去，山衔好月来。

云间连下榻，天上接行杯。

醉后凉风起，吹人舞袖回。

当唐代另一位诗人登上岳阳楼时，看着洞庭湖水，又是另一番心境了。当年的李白正值流放途中遇赦，这种被放逐的命运结束之后，他登楼望远，将情感融入明丽的景色中，心境也旷达而豁然。雁儿高飞，带走往日郁积的愁苦；明月出岫，增添楼台水色的幽境。一代诗仙，又负剑客之风流，看着如画山水，与明月对饮，置身楼台，如坠云间。这位谪仙之客放下人间功名，只一醉求欢。醉后临着浩荡的湖风，伫立高楼，仰望明月星辰，衣袂起舞，尽显其诗仙风骨。他是游侠诗人，数十年走遍大江南北，其诗句漫溢在山川河流。

当你踩着他们的墨痕登上岳阳楼，看平湖如镜，世道早已经过历史演变，过往的人物已然更换，而风景又是否还似当年？与杜甫沉郁顿挫的诗相比，李白的诗则飘逸豪迈，同样的风景，因为不同的心境与性情，有了不同的风韵和味道。无论你是名士雅客，还是凡人庸者，都是如此，来过，便是痕迹。

人有悲欢，月有盈亏，楼有兴废，百代浮沉皆是如此。自然风景之所以永恒，是因为亘古以来就存在于天地之间，自然气韵，不假雕饰，任由光阴消磨，也不会沧桑一点点。而人文景观随着历史的流逝，斑驳老旧，早已不似当年的风采。

于是有了滕子京百废俱兴，将被岁月风蚀的楼阁重新修建，在楼上刻下了唐人诗句，委人画了一幅《洞庭晚秋图》，又请范仲淹为楼作记，留住岳阳楼曾经有过的历史。两句"先天下之忧而忧，后天下之乐而乐"流传千古，无论是来过这里的人，还是未曾到过这里的人，都会知晓这儿有一座岳阳楼，它临着洞庭湖，可以看苍茫万象。岳阳楼之所以这样让人铭记于心，与它本身的气势和洞庭湖的美景相关，更多的是因为当地的风土人情和文化气息。

岳阳楼为天下文人雅客而生，也为每一个懂得欣赏风景的人而生。许多的美景，因为少了那些懂得的人，隐藏在不为人知的角落，渐次荒芜。当探索者的脚步愈加近了，若干年后，那些掩埋的风景可以重见天日，一改过往颓然姿色，再现其风华之貌。

不去怀古，也不思今，只放下世间一切束缚，独倚栏杆，看长风碧浪，吞没远处河山。仿佛万顷苍池都被踏于脚下，山河碧海尽收眼底。这一刻，再多狭隘的胸襟也会豁然宽阔，你会忘记名利几何，只想将所有的情感都放任于山水，落落襟怀，形骸无我。

也许你不能如同古人那般吟诗作赋，泼墨留香，也许不会有任何人知道你曾经来过，你不能留下任何印记，可是眼前的万千气象所带来的震撼却足以令你铭记一生。或许没有磅礴的气势，没有锐利的锋芒，只是无尽

段段广为人知的

的苍茫，凭着这苍茫，你可以看到若隐若现的远方。

而人生正需要这份苍茫，才可以更加内蕴深藏，更加明亮透彻。当你悟出了生命的真意，纵然留恋这儿的景致，亦可以洒脱豁达地离开。因为每一次转身，都是另一种期待。

离去不是意味着分别，而是为了追寻更多的人生风景。立于高处，可以一览山河；脚踩大地，却有着平实的快乐。一景一故事，一物一风情，三醉亭与仙梅亭遥遥对望，尽管相看无言，彼此却记得住那段广为人知的渊源。

吕洞宾三醉岳阳楼，这故事得以经久流传，是因为其本身所描绘出的神话色彩引人入胜。当吕洞宾得知岳阳郡中将有神仙得到度化时，便来此处买醉，试图劝柳树精和梅花精出家修道，不得其果。后柳、梅二人投胎，结为夫妻，名为郭马儿和贺腊梅，吕洞宾再次前来度化，他们依旧不醒悟。吕洞宾第三次来到岳阳，饮下郭马儿的酒，并给他一把剑，让他杀妻随其出家。郭马儿不肯杀妻，持剑回家，却见贺腊梅人头落地，郭马儿便将吕洞宾告到官府。吕洞宾却说贺腊梅未死，一传唤，她果然来了。众问官要判郭诬告罪，郭向吕洞宾求救，这才发现众问官也皆为八仙所幻化。郭和贺自悟自己的前生是柳树和梅花，并非凡人，于是跟随吕洞宾乘云而去，入道成仙。

看多了万千世界，这个故事也许平淡无奇，然而岳阳楼因为有了这段神话，而更加摇曳多姿，耐人寻味。徜徉在三醉亭与仙梅亭，也许你丝毫寻觅不到故事里人物的身影，闻不到过往的芬芳，却分明有一种力量拽住你的衣襟，让你沉浸进去，流连不已。

无论你多么地想要珍惜，相聚之后还是要选择别离。其实此时，任何的执着和眷恋都是多余，走过的风景不能停留，却会在记忆深处永久地凝固，任凭时光冲洗，都不会褪色。

来过的人，带着一颗心轻松地离去，留下永远的追忆，不曾来的人，依旧会做着新奇的向往与寻觅。回首，岳阳楼伫立在蓝天白云下，这一处历史楼台，销尽几多风骨？而洞庭湖则像一块镶嵌在山峦之间的老玉，泛着翠色温润的光泽，雍容而平和，淡雅又从容。

将情怀种植在心间，这一场美丽的邂逅，纵然只是一个梦境，也足以令你陶然惊喜。随意或者经意，有情或者无情，这里的某个瞬间，值得你一生去怀想。

岳阳楼，这么多过客的到来，或许都只是你的偶然，于匆匆的行者，却也不是必然。只是生命里注定的一段风景，来过，你会用心去深味，走后，还会经久地回忆。

你途经过我

倾城的时光

春花秋月
何时了

元夕踏灯

　　新岁铺来，锦绣河山若梦；东风初起，一片神州同舞。雪花凝于元春的毫端，轻轻漾开一轴姹紫嫣红的画卷。南飞的燕子划过澄净的天空，留给大地一派鲜妍的意象。正月十五元宵佳节，流淌在华夏文明的记忆里，成为民族血液中不可缺少的辉煌片段。千百年来，明月的圆满是温馨的风景，灯笼的火红是元夕的主题。

　　火树银花不夜天，龙腾狮舞闹元春。元宵节别称上元节，也称灯节，燃灯的风俗起源于汉朝，到了盛唐时期，观灯赏月的热闹场面更是盛况空前，上至皇宫红楼，下至长街闾巷，无不张灯结彩，焰火冲天。梨花般的瑞雪，在华灯朗月下纷纷地飘洒。穿行在熙熙攘攘的路人中，氤氲着元夕灯节"人约黄昏后，月上柳梢头"的幽幽古意。更有那赏灯吃汤圆的传统文化，流经千年的风雪月夜，一直延续至今。

正月十五夜

唐·苏味道

火树银花合，星桥铁锁开。

暗尘随马去，明月逐人来。

游伎皆秾李，行歌尽落梅。

金吾不禁夜，玉漏莫相催。

东风陌上，璀璨烟花吹云散，皎皎明月逐人来。一丝向暖的春意在梅端悄露，团蕊素萼，疏影临风，恍若盛开在盈盈画卷里初醒的古典美人。葳蕤的裙裾飘逸着婉转的弧度，似水的年华摇曳着灵性的风姿。浩瀚长空下，那漫天璀璨怒放的花灯，纷纷坠落的可是当年唐诗里的一剪萧萧韵事？

新月当空，一水隔尘，江南江北灯火如昼，河山尽处，万户升平。遥望古老的星空，轻轻掠过烟霭薄霭的粉尘，一轮明月见证了当年的元夕佳景。那些诗风词韵的夜晚，闪烁在芬芳的梦境里。从梦里出发，行走。在灯火繁华的长安街巷，姹紫嫣红的光影明媚夺目。来往游人赏灯猜谜，遥挂在中天的明月也顾盼生情。香车宝马装载着一个人的光阴、两个人的岁月。烟花楼畔又是何处的歌女，碎玉一般玲珑的歌喉，唱断梅花风声的过往，唱尽明月氤氲的从前。

正月十五日夜月

唐·白居易

岁熟人心乐，朝游复夜游。

春风来海上，明月在江头。

灯火家家市，笙歌处处楼。

无妨思帝里，不合厌杭州。

云蒸霞蔚的春光，灯火辉煌的水畔，温润的春风似一抹绸缎，洗尽天涯旅人那风尘困顿的眼际眉梢。上元佳节的风华应和了这安逸绮靡的江天水色，楼台的笛音清如高天的鹤唳。忘却冷暖的世态，莫再辜负这美景良宵。回望那帝王的故里，该变迁的一切已有了变迁，只是这样的变迁挡不住魂牵梦萦的思绪，挡不住流水千山的辗转，挡不住锦绣河山的瑰丽。

云烟舒卷，光阴迢递。这位多情的诗人在长安酒肆吟咏佳节的诗谜，如今又在西子湖畔观看寥落的星辰。长安歌泠泠，西湖水潇潇，一轮江月满襟怀。从江北到江南，他终于挣脱红尘的藩篱，将仕途的惆怅忘于风雨江湖，将飘然的诗情化作流水弦音。

明月随云转，思绪已千年。一泓深邃的碧澜涤荡悠远的心，曾经灿烂的文明火焰将如烟的时光照耀得更加明媚多彩。举起夜光的杯盏，醉听明丽的笙歌，且别了江天风月，岸云寒雪，回归那千红万紫的时节。

生查子·元夕
宋·欧阳修

去年元夜时，花市灯如昼。

月上柳梢头，人约黄昏后。

今年元夜时，月与灯依旧。

不见去年人，泪湿春衫袖。

　　元夕的灯火照彻明净寥廓的银河，隔江的月色隐现杨柳依依的风情。去年人约黄昏的故事已成过往，今年明月花灯的景致依旧如昨。还记得那叶漂浮的小船，停泊在江边的柳下；记得粲然的花灯，掩映着两个人的光影沉沉；记得折梅寄情的佳人，吟咏着文字的馨香。命运如一段繁华的绮梦，将时光粉饰成胭脂的色调，在那烛影摇红的夜晚，酝酿着明媚幽雅的情怀。

　　昨天的记忆还流淌着淡淡的余温，即使梦回从前，也只是寻得一缕风月无边的诗境。莫如在这佳节良宵，独自斟一盏情谊浓浓的琼浆，装满春风的祝福，送与远方的故人，送与白云的家乡。让那如风的过往，随着似雪的琼花，唱一阕宋词的婉转，歌一曲岁月的清音。一梦华胥，河畔的樱花已盛开过几座桥头？今夜，有谁醉心于游览岸上明月垂柳的风景，却忽略了脚下落花的轻痕。

青玉案·元夕
宋·辛弃疾

东风夜放花千树。更吹落、星如雨。宝马雕车香满路。凤箫声动，玉壶光转，一夜鱼龙舞。

蛾儿雪柳黄金缕。笑语盈盈暗香去。众里寻他千百度。蓦然回首，那人却在，灯火阑珊处。

一轮明月，打开黄昏的山水画廊，映衬着婆娑的花灯树影。刚刚飞过大雁的长空，还留有一串银白的光晕，若隐若现的痕迹好似往昔的岁月。宋朝的月亮没有背负太多历史的重量，更多的是浸润着温婉似玉的清凉。

春风洇开鹅黄嫩绿的画卷，一枝梨花带着昨夜的雨露簌簌地洒落。这比水纹还要绵密的元夕情愫，徐徐地淌过许多纯净的心灵。车马碾过芬芳的路径，盈盈的笑语温暖了料峭的春寒；明月照耀流水的沟渠，零落的花瓣传递着冰雪的相思。

纷繁的街巷，有柔风吹拂飘逸的裙裾，发出环佩和璎珞的叮当声，那个带着前世盟约的女子在水滨云端行走了多少年？辗转在如流的人群中，蓦然回首，那寻寻觅觅的身影，已在阑珊的灯火处，在倾斜的月光中。

御街行·元夜踏灯
清·董元恺

百枝火树千金靥，宝马香尘不绝。飞琼结伴试灯来，忍把檀郎轻别。

一回佯怒，一回微笑，小婢扶行怯。

石桥路滑缃钩蹑，向阿母低低说。妲娥此夜悔还无？怕入广寒宫阙。

不如归去，难畴畴昔，总是团圆月。

一些寒梅穿过飞雪，一些飞雪舞尽东风。轻烟过处，不绝的香尘在星光下淋漓地飘洒。一盏盏红红的花灯摇漾着元夕愉悦的音符，飞琼过处，是流年似水的蹁跹，是韶华过眼的花痕。在明亮的夜中央，谁饮醉了一杯月光，谁轻别了多情的檀郎。转身离去的时候，烟花在天空高蹈，无边地绽放。

晚风拂过细柳的帘幕，陌上寒烟薄雪，几簇莹亮的星子熠熠地诉说光阴流转的故事。有位风华绝代的女子倚着梅花的心事，轻轻地走过石桥，归来于柴门。那广寒宫里踌躇的月亮，阻隔了絮暖的春风，却收藏了翠绿的年华。

皎洁的月色宁静而温婉地铺向比苍穹更遥远的地方，曼妙的歌声流淌在缥缈的心上。正是这样良夜佳节的逶迤奇景，酝酿了尘世间美好的幸福，一种莺歌燕舞、春暖花开的幸福。一枝红梅探入闺阁的轩窗，熠熠的烛光鲜活着谁的遐想？倘若还有无处安置的情思，莫如托付给那轮团圆的月亮。

要多少个芳菲明媚的春天才能够催醒一场嫣然留笑的春梦，要多少鹅黄柳绿的开始才能换回飞琼烂漫的结局。是谁在万物舒卷的季节叩响了文明的音符，又将人间春色留给了苍穹的明月，留给了近水的楼台，在流光溢彩的街灯下，在花瓣盈香的白雪间，采撷佳节诗韵，写意春风画卷？

一雷惊蛰始

二月的惊雷催醒了沉睡的万物，一只叫白鹭的鸟儿舒展着灵性的翅膀，掠过山峦湖海，停泊在姹紫嫣红的春光里。一些残余的冬天已经折叠，一些依依的杨柳正在抽芽。那春光明媚的河岸，走过洁净的白云，走过成群的牛羊，走过浣衣归来的绿衣女子，也走过了逐渐恍惚的世事。

惊蛰，这个二十四节气里最生动而又传神的名字，是历史深沉皱纹里的清新记忆，又是收藏在春天故事里的动人情节，它遗留着时光温润的痕迹，也流泻着岁月遥远的信息。

人类在几千年的历史长河里历经了无数次的变迁，唯有二十四节气随着大自然的流转依旧亘古不改。这个叫惊蛰的节气，它淌过秦汉的风烟，穿越唐宋的明月，飞渡明清的篱笆，辗转到今生的渡口。古人有云："二月节，万物出乎震，震为雷，故曰惊蛰。是蛰虫惊而出走矣。"其含义是指在农历二月，春雷始发，蛰伏在地下的昆虫渐次苏醒，历经寒冬的蜕变，复苏在盎然生趣的春天。桃花红，李花白，黄莺初啼燕归来。青箬笠，绿蓑衣，田塍闲鸭列成行。惊蛰，是万物苏醒的时节，也是春耕忙碌的时节。

拟古（其三）

东晋·陶渊明

仲春遘时雨，始雷发东隅。

众蛰各潜骇，草木纵横舒。

翩翩新来燕，双双入我庐。

先巢故尚在，相将还旧居。

自从分别来，门庭日荒芜。

我心固匪石，君情定何如？

有一只破茧而出的斑蝶穿过红尘的暗香，用她那曼妙的身姿多情地舞动阳光，飞过庄周的清梦，又飞过年月的薄雾与禅寂的光阴。她随着这个叫惊蛰的节气，从远古的年代中逶迤而来，经历多风多雨的季节，又总是在合时宜处悄然地回归春天。

一声犬吠，敲开了村巷的宁静。行走在田园小径，迷蒙的春雨浸染着闲淡的心绪。这条曲折的路径，曾经被无数足印深情地叩击过，又被许多乡间故事淡淡地滋润着。远处的南山下，有一位荷锄的隐者，以青山为骨，白云为心，涧水为衣，吟咏着"仲春遘时雨，始雷发东隅。众蛰各潜骇，草木纵横舒"的田园诗句。

一声惊雷，凝聚着大自然的雨露，惊醒了冬眠的虫蚁，又舒展了纵横的草木。和风细雨中，仿佛看到一抹虚淡的身影徜徉在绝隔尘迹的桃花仙境，他倚着春风的柴门，举起明月的杯盏，守望一份不被风尘湮没的傲骨。而我们只是山水画卷里那些穿花拂叶的过客，在惊蛰的二月，追寻人闲花静的幽远情境。

观田家

唐·韦应物

微雨众卉新，一雷惊蛰始。

田家几日闲，耕种从此起。

丁壮俱在野，场圃亦就理。

归来景常晏，饮犊西涧水。

饥劬不自苦，膏泽且为喜。

仓廪无宿储，徭役犹未已。

方惭不耕者，禄食出闾里。

从远古到今朝，一拨一拨的人在赶往春天的路上前行，他们走过烂漫的花丛，走过淙淙的溪水，也走过许多年轻的时光。在苔藓斑驳的路径漫步，会不经意邂逅韦应物诗中的意境。"微雨众卉新，一雷惊蛰始。田家几日闲，耕种从此起。"那些被季节闲置的田野，铺叠在青天之下，摆放着春天的思想。

有辛勤的农夫把犁耙深深浅浅地划进泥土，以一种膜拜生命的姿态植入大地的灵魂。这一种劳作的姿态还是旧时的模样，只是这一场春雨却不是当年的春雨。它被历史酝酿成琼浆玉液，把清露送给流水的人家，把芬芳留给了春回的大地。

春雨初歇，留下清新温湿的风景。它滋养千古又滋养今朝，它洗净清风又洗净白云，它催醒了世间万物的神奇灵韵。"屋上春鸠鸣，村边杏花白。持斧伐远扬，荷锄觇泉脉。归燕识故巢，旧人看新历。临觞忽不御，惆怅远行客。"王维诗中的燕子，穿过江南的画梁，携带着生命的重量，拾捡起二月的杏花。

只是这只由南向北的归燕，它曾经追风逐云，纵然飞过了泱泱流水，又能丈量匆匆流淌的光阴吗？翻过了年岁的新历，又有多少美好的过往，被收藏在岁月的迷雾之中，永远地沉淀旧事的芬芳？这些经久的记忆，仿佛是大自然曾经许给春天的诺言，在惊蛰开始的日子里，悄然地酝酿着甜蜜的情怀。

绝句

唐·杜甫

迟日江山丽，春风花草香。

泥融飞燕子，沙暖睡鸳鸯。

在初春的堤岸，一只衔泥筑巢的燕子穿越季节的林梢，飞过芳草青青的田野和村庄。它轻灵的翅膀掠过澄净的湖面，撩开一幅春日融融的锦绣画卷。"迟日江山丽，春风花草香。泥融飞燕子，沙暖睡鸳鸯。"就连经年流离的杜工部也放下了一身的风尘，选择在浣花溪畔吟咏着清新的诗行。

面对秀丽的河山、明媚的春光，他或许已经看淡了生命的花开花落，释怀于天边的云卷云舒。那一片绚丽的阳光，照亮了浣花溪畔明净无尘的春景，照亮了水上鸳鸯那余温犹存的爱情，也照亮了杜甫一生的风雨路程。

让如流的思绪停留在二月的渡口，在季节往返的轮回里寻找着每一个惊蛰所遗留过的痕迹。古往今来，收藏了多少桃花流水的情谊，又酝酿了多少蠢蠢欲动的精灵？那些在天地间繁衍生息的鸟兽，凭着大自然赋予的灵性，翻开二十四节气里一页页春秋。那些青蓑衣、绿斗笠的农夫，挥舞着坚实的锄头，锄开脚下历经无数朝代的沃土。那些吟春赏景的诗人，用浓淡各异的笔墨，书写着时代里清新婉转的篇章。

置身于细雨中的楼台，临着浩荡的江风，看那苍茫的烟水，流经了春夏与秋冬，又淹没了秦汉与唐宋，也打湿了历史的昨天与今天。那一叶在水上漂浮的小舟，它前生是鸟，来生是鱼，它越过春天的栅栏，潜入岁月最深沉的角落。以后的日子，它依旧可以载动许多凝重的人事和风雨。

千里莺啼，总是在春风醒转的节气里将生命唤醒。惊蛰，这个被岁月漂洗得泛白却依旧清新如初的节气，这个令万物为之苏醒、为之沉吟的节气，它穿越似水的流年，将月光挂在柳叶青青的枝头，将芳菲铺满春意盎然的人间。

千秋清明

烟雨掠过岁月古老的城墙，梦境一般地流淌在江南杏花的诗情中。塞北孤烟在无边的旷野间消散，一些青梅已成往事，一些时光依旧如流。秦汉古风吹过唐宋的天空，零落于今世的风尘中。回首处，山河共一色，日月照古今。在这个千红万紫的时节，可还有一位婉约怀古的诗人，在苔藓斑驳的雨巷中，在恣意辗转的四季间，在落花流水的生涯里，默默地吸纳着清明的千古精魂？

拂动尘埃的风将斑驳的历史渐次剥落，拨动文明的琴弦闪耀着锐利与温婉的光芒。追溯到两千五百多年前，晋文公重耳与介子推的故事依旧流传不息。当年重耳逃亡在外，食不果腹，忠臣介子推割肉救主。

十九年后，重耳返回晋国做了君主，饮水思源，厚赏众臣，独忘介子推。辗转多时才恍然记起，心怀羞愧，亲自请介子推还朝受封。然介子推深掩门扉，携母避至深山。重耳不得已纵火相逼，三日夜后却见得两具尸身，介子推扶柳而殁。后世为祭奠，数日内不可动烟火，寒食清明便是由此而来。没有慷慨悲歌，亦无苍凉浩叹，只是为这傲然千古的灵魂沉吟至今。

寒食

唐·韩翃

春城无处不飞花，寒食东风御柳斜。

日暮汉宫传蜡烛，轻烟散入五侯家。

顺着历史长巷在唐风宋雨里穿行，于万境的苍茫中遥看古老的人文风景，一种沧桑在古今的时空里弥散。"春城无处不飞花，寒食东风御柳斜。日暮汉宫传蜡烛，轻烟散入五侯家。"唐人的这首诗，记载了清明时节百姓寒食数日，最后王公分烛火的习俗。那些古老相传的民俗，在唐朝的土地上清晰地流淌。山野楼台疏落的杨花，近亭湖岸依垂的青柳，还有那一弯不施粉黛的明月，温婉的弧度，清澈的光华，难道不正预示着大唐江山的清明繁盛吗？

厚重的民族文化镂刻在留存的史册里，许多的记忆在山水中沉默。如今重温消逝千年的风景，那些精致细腻的中原文化，在明亮的光阴里逐渐地丰盈。置身楼台观江涛云海，凭栏远眺叹奇峰险壑，薄薄的雾气笼罩着绰约的暮春景致。"三月三日天气新，长安水边多丽人。"杜甫的《丽人行》再现三月三长安水畔的香衣秀影。唐朝的繁华是真的繁华，浩瀚无边的山水，澄净无尘的风月，就连踏野寻春的清明也酝酿着婉转飘逸的诗情。

清明

唐·杜牧

清明时节雨纷纷，路上行人欲断魂。
借问酒家何处有？牧童遥指杏花村。

　　穿行在三月迷蒙的烟雨中，于曲折的路径里寻觅着过往遗留的淡淡痕迹。只是，涉过岁月寥廓的长河，就可以抵达彼岸吗？在苍茫的历史面前，一句唐诗写下了清明的主题。那个客行他乡的杜牧，就是在烟雨古道中吟出"清明时节雨纷纷，路上行人欲断魂"的千古惆怅。听着时光流逝的清音，往者不复，一切恍然如昔。莫如归去，归去，在飞雁抹梢的寒林；归去，在微雨涤尘的柴门。举起邀约故人的酒杯，饮一盏杏花佳酿，与清明的春雨同醉。

　　唐代的瑰丽在明月疏雨中远去，宋朝的存在是为了承载大唐雄风的盛世繁华，是为了倾泻浩瀚千秋的淋漓墨香。春轩的烟雨打湿了芬芳的桃李，就像许多华丽的过往纷洒在青苔阑珊的角落。宋时黄庭坚有诗吟"佳节清明桃李笑，野田荒冢只生愁"。无论你是王侯将相、平民百姓，还是贤者愚人，千百年后，都只留几丛蓬蒿，一处荒丘，隐没在烟雾封锁的山林小径。岁月更迭，一切都有了变迁，只是任凭斗转星移，那掩藏在历史深处的风，依旧流转在每一个明净的季节，吹拂着那些古往今来过客的衣衫。

郊行即事

宋·程颢

芳原绿野恣行事，春入遥山碧四围。

兴逐乱红穿柳巷，困临流水坐苔矶。

莫辞盏酒十分劝，只恐风花一片飞。

况是清明好天气，不妨游衍莫忘归。

在璀璨流莹的年代里，就连历尽沧桑的世事都是旷达明亮的。宋人张择端用他细腻生动的笔墨泼染出北宋汴梁城的绝代画卷，一幅飘香千载的《清明上河图》融入了当年的锦绣河山、人生百态，古往今来摄获了多少文人墨客婉转的精魂，又留住了多少芸芸众生赞叹的目光。

五湖已定，四海归一，清明时节的汴梁城清风拂柳，烟草连碧，行人摩肩接踵，街巷河岸尽现一片姹紫嫣红的人间春色。上至达官贵族，下到贩夫走卒，普天之下共浴盛世和煦，世间万物同驱春寒料峭。那绮丽的画舫装载着谁的风景，那曲折的江水丈量着谁的年岁。王朝更迭，兴亡谁定？天下苍生的命运定格在一轴宏阔的画卷中，连同那个叫作清明的古老节气。

历史不能允许我们去忘记任何一段动人心魄的记忆。翻阅近代史册，不知记载了多少正气千秋的血色浪漫。为了民族的自由，那些革命先烈，忍把热血洒红尘，甘抛头颅洒热血。当我们在歌颂盛世丰饶、人民富足、安居乐业的时候，如何可以忘记那些峥嵘时代的风云人物。

黄花岗七十二烈士、狼牙山五壮士、歌乐山烈士、淮海战役烈士，是那么多沸腾的热血和嶙峋的骸骨换来了今天的太平盛世。他们以豪迈的气魄、博大的襟怀、崇高的姿态行经岁月的守望，在烽火燃烧的天空里画下了凝重的色彩。那么鲜明的昭示令黯然的清明时节也平添几许回肠荡气的深韵。

苏堤清明即事
宋·吴惟信
梨花风起正清明，游子寻春半出城。
日暮笙歌收拾去，万株杨柳属流莺。

春日里踏青，清明时祭祖。行走在山野荒径，思绪若浮云一样缥缈不定。烂漫的杜鹃花铺陈着季节夺目的色彩，可一句怀古的诗文却让人久久地活在记忆的纠缠里。原以为只要人淡如菊，心中便可以平静无波，然而历史厚重如斯，如何能摆脱凭吊千古的情愫？细雨寒春，怎么能淡忘那些如梭的过往？面对旷野中的森森古道，河岸边的泱泱流水，深山里的沉沉暮霭，仿佛天下物事尽揽其间，个人的那些一波三折的苦难也随着苍茫的风烟隐没离散。

从远古到今夕，谁说抛掷一些风景便会得到更加明净的风景，而得到的风景难道不是春花秋月、悲欢离合吗？几千年来，富贵权势可以轰然倒塌，万顷苍池可以填为平陆，唯有凝重的历史文化稳如磐石，风雨不动。那些传承千载的节气，碾过冷暖交替的岁月，流经朝代更迭的山水，穿越梨花带雨的清梦，遥遥地逶迤而来。在乍暖还寒的今时，在烟霞未尽的河畔，放飞一只写满盛世常宁的风筝。

　　立高楼望世间万象，时代无言地在山风中萧瑟。江河不可逆转，人事多费思量。在似梦似醒的人生行途中，过去与现在凝聚着同样的力量，一个民族瓜瓞延绵、昌盛腾飞的力量。旧时风俗还在，魏晋唐宋的雕楼画舫历尽沧海桑田已化作云烟，孕育了数千年的文明却依然璀璨若银河的星光，照亮了万古清明的华夏大地。

魂兮归来话端午

一只青鸟掠过遥远的天际，温婉的弧度，经一处岸芷汀兰，又见他处郁郁葱葱。丹阳在水中泛起粼粼光影，锣鼓催开了竞渡的龙舟，汨罗江上百舸千帆，奔腾壮观的端阳画卷洇开碧水长天。

谁的诗情赞颂过滔滔东逝的江水，又是谁的英魂常随日月轮回？及至秦汉三国的云烟都消散，及至前朝旧事都岑寂。仰望苍穹，却有一个璀璨若星的灵魂，在寥廓的天宇深深地划下一道千秋不灭的印痕。

历史的风烟在时空里渐渐地淡去，然而许多传统的民俗却依然遗留下深刻的印记。关于端午的由来，有着历史书籍详细的记载，也有着对先人的深情缅怀。农历五月初五，俗称"端午节"，是我国民间传统节日。"端午"二字最早见于晋人周处《风土记》："仲夏端午，烹鹜角黍。"

五月五日

宋·梅尧臣

屈氏已沉死，楚人哀不容。
何尝奈谗谤，徒欲却蛟龙。
未泯生前恨，而追没后踪。
沅湘碧潭水，应自照千峰。

　　端午的来历甚多，被广为传诵和认可的还是屈原那段悲情的血色浪漫。屈原生长在战国时代的楚国，曾经一度很受楚怀王的重用，封他为三闾大夫。其间他写出流传千古的佳作，与《诗经》齐名，开辟了民族文化的新时代。后遭奸人排挤，几经颠沛，放逐天涯，于五月初五抱石沉入汨罗江中。

　　自那以后，每年到了五月五日，人们就以划龙舟、吃粽子、喝雄黄酒等形式来纪念他。说那些竞渡的龙舟是为了打捞屈原的遗体，而将粽子、鸡蛋等食物抛到江里，是为了让鱼虾吃了，不会咬到屈原的尸体。虽然只是传说，但足见后人对屈原的缅怀和尊崇。

　　从秭归的乐平里起程，打汨罗江畔那块屈原石旁经过，用诗情传昭忠骨，用放逐天涯的脚步，丈量着屈原一生的坎坷命运。带长铗之陆离，吾将上下而求索，亘古于青天大地。静月流泻在汨罗江畔，纯白如雪，只有那出世的清灵之气，才能彰显浩然千古的忠魂。

　　以兰为佩，以荷为裳，安能以身之察察，受物之汶汶？淙淙流水边，可是他流逐的背影，徜徉在江畔青堤？苍茫落日下，可是他爱国的热情，燃烧了楚国的河山？屈原的岁月里没有春秋冬夏，只有一颗忧怀天下、挂念黎民的心，独自在静夜里，对着江水吟叹。

湘中
唐·韩愈
猿愁鱼踊水翻波，自古流传是汨罗。
蘋藻满盘无处奠，空闻渔父扣舷歌。

飞云断岸，不畏争斗艰险，面对这浩然茫茫的江水，暮霭沉沉的云山，先生，你可曾将栏杆拍遍？你坚持以峭拔的姿态仰望苍穹，在这样的高处，放逐的命运是不可改变的现实吗？既然选择了身为万民，一身何足惜？唯有以死付国，才能得以永生。你浪漫的诗歌铺洒人间，爱国的情义感天动地。那如椽的巨笔接近底层的苦难，也接近社会和时代的良知，使正义的热浪在广阔的生活蒸腾，使希望的火焰在历史的天空燃烧。

春秋的河流，冲洗陈旧荒凉的古迹，枕着月光的白石，磨不掉坚硬的棱角。数千年的过往，充满无尽的变数与传奇。天下物事，莫过于生老病死、悲欢离合。然而，先生，你的骨血里只有黎民苍生，只有祖国山河。你虽不是那个年代的王者，却用一生的襟怀关爱黎民百姓。你赤胆忠心支撑着那个行将覆灭的王朝，在黑暗的夜里，上下求索着远处的黎明。

魂兮归来，也不能再看一眼昨日的故土。只有留在江畔的柳荫花坞，记住那俯身探水的清魂。虽然心系故国，水已齐胸，是否你还回眸，对天下苍生留下难舍的牵念。先生，当你看到如今的太平盛世，看到黎民百姓在端阳佳节用各种喜庆热闹的方式将你祭怀，是否会感到由衷的欣慰？那汨罗江上如流的龙舟，百姓人家门檐高挂的艾草，乌衣长巷飘散的粽子清香，还有街闾酒肆里弥漫的雄黄烧酒，都是为了祭奠你一腔热忱的忠魂。先生，你可知道，你一世的长眠，换得了天下百姓的风调雨顺、国泰民安？

午日处州禁竞渡
明·汤显祖
独写菖蒲竹叶杯，莲城芳草踏初回。
情知不向瓯江死，舟楫何劳吊屈来。

魂兮归来，你的行程就是到乐平里的故乡和回汨罗江的旧迹。当你徜徉在屈子祠，会想起那些遥远却又无法忘却的过去吗？几千年前的日子里，你又是否梦见过多年后这样繁盛的情景？当年的楚家天下，已如东逝的江水。而你高贵的人格却矗立千秋万载。沉舟侧畔千帆，白云走过青山。先生，是你用不屈的生命驾驭了千年的文明，用浩瀚奔流的思想、大气磅礴的精神，奠定了华夏民族永恒的爱国情怀。

一曲终为绝响，寻觅千古知音。伫立在屈子的雕像前，来一段心灵的对话。就这样，将七色散尽，将五音沉吟，在端阳佳节，邀你对饮。几盏雄黄烈酒，一杯浇向黎民苍生，一杯浇向楚国大地，一杯浇向汨罗涛声。先生，你长发飘飘、楚楚衣冠置身于无边的旷野，满怀悲愤之情向苍天与大地发出响亮的疑问——九十九个疑问，问天问地问鬼神。你正气如长虹，烁通万里，贯穿古今。

五哀诗·屈平

宋·司马光

白玉徒为洁，幽兰未谓芳。

穷羞事令尹，疏不忘怀王。

冤骨销寒渚，忠魂换旧乡。

空余楚辞在，犹与日争光。

      曾经那个荒烟蔓草的年代已经远去，那个纫兰为佩、行吟泽畔的身影又去了哪里？虎踞龙盘也好，老木寒云也罢，繁荣与鼎盛是中华民族亘古的常青，厚重与苍凉也只是历史长河里的过程。就让峥嵘的岁月拂掠苍茫的大地，让磅礴的河山呼应屈子那惊心动魄的抒情。在这传统的端阳佳节，在这普天同庆的日子，用陈酒佳酿祭奠先生遗世的忠魂。那一束束明亮而温暖的阳光，点亮了一个伟大民族前进、壮大的道路。

      撑一支竹篙，独上兰舟，在烟水的苍茫里看世事万象。远处是平静的水面，身后是觉醒的浪涛。生命如同江水一样地流淌，失落的只是奔腾的风景，而留下的却是文明的印记。

      许多年后，在艾草噙香的山野，龙舟停泊的河岸，可还有一只展翅的青鸟，带着不死的魂魄，穿过汨罗江风，穿过岁月繁华，让悲壮与苍凉舞尽青山的颜色、舞尽明月的光芒。

魂兮归来，曾经金戈铁马的疆场杳然于时光深处，连同当年帝王的霸业也烟消云散。登高望远，日落楼头，就让跳跃的江风将历史的伤痕抚平，将沧桑的过往抛掷，只余下壮志胸怀，万古河山。

月明中秋

　　清风推开浮云的遮掩，月光洒向壮美的河山。那一轮明月，经朝历代，圆了又缺，缺了又圆。青山万里，是游子追寻的脚步；长河百代，是慈母织补的衣衫。流淌的月华，泼洒着浅淡的水墨，展开一轴无边的画卷。人间万户在桂花香影的轩窗外，共此一片皓月星光。

　　又逢中秋，又是圆月高挂的良夜佳辰。"中秋"最早出现在《周礼》一书。而中秋节起先制定于唐朝，后盛行在宋代。古代帝王有春天祭日、秋天祭月的礼制。这种拜月祭天、祈求团圆的习俗，从风云的唐宋至烟雨的明清，一直流转到繁华的今日。

月夜忆舍弟

唐·杜甫

戍鼓断人行，秋边一雁声。

露从今夜白，月是故乡明。

有弟皆分散，无家问死生。

寄书长不达，况乃未休兵。

一轮清清朗朗的明月让多少久别重逢的喜悦挂上桂影婆娑的枝头，又让多少合家团圆的亲人在月光下偎依关怀。它淌过千年的时光，见证了无数离合悲欢的故事，依然以纯粹清绝的风姿遥挂在深邃的苍穹，接受着世人千古不变的虔诚膜拜，将明净无尘的灵韵付与人间大地。

露从今夜白，月是故乡明。依稀记得乡间村落，家家户户围坐在庭院里，焚香拜月，对着篱畔的菊花，吃上团团圆圆的月饼。到如今的城市人家，亲友良朋相聚在楼台窗下，饮酒望月，细数着宁静温馨的流年。丝丝缕缕的记忆，如同菊花的幽香，在月光下轻浅地浮动。

水调歌头·明月几时有

宋·苏轼

明月几时有？把酒问青天。不知天上宫阙，今夕是何年。我欲乘风归去，又恐琼楼玉宇，高处不胜寒。起舞弄清影，何似在人间？

转朱阁，低绮户，照无眠。不应有恨，何事长向别时圆？人有悲欢离合，月有阴晴圆缺，此事古难全。但愿人长久，千里共婵娟。

苍莽的群山一次又一次涌动着萧萧秋意，那来自远古的天空将目光与灵魂漂洗得莹洁透亮。今夜，谁停下幽雅的琴弦，在花间月下，独酌一壶佳酿，相期在缥缈的云汉？谁在风清露白的中宵，空闻凄清的雁声，遥忆故乡的明月？谁在那玉宇琼楼，乘风而舞，唱一阕"但愿人长久，千里共婵娟"的千古辞章？那海上升起的明月，照见如梦的佳期。那无声栖落的秋思，又悄入谁人家中？

月光下晶莹的霜露，打湿了远方匆匆的步履。那涉水而来的是仗剑江湖的李白吗？他飘逸浪漫的诗心在长风万里的云海遨游。那飘蓬辗转的是寄身他乡的杜甫吗？他忧国忧民的情愫在天地之间纵横驰骋。那乘风而去的可是把酒问青天的苏轼？他轻盈灵动的思绪在天上宫阙恣意挥洒。还有吟咏"海上生明月，天涯共此时"的张九龄，还有许多的文人墨客，他们带着天南地北的风物人情，用浓淡各异的水墨将月亮点染得千姿百态，留给后人旷达婉转的诗篇。

望月怀远

唐·张九龄

海上生明月，天涯共此时。

情人怨遥夜，竟夕起相思。

灭烛怜光满，披衣觉露滋。

不堪盈手赠，还寝梦佳期。

一曲《彩云追月》从迢递的古道飘然而来，弦声拨弄起一池的秋水，余音袅袅的意蕴在极远极近处隽永起伏。夜已经很深了，那轮明月在很深的夜里更加圆润亮丽、剔透晶莹。月光轻盈地流泻在瓦屋、窗台、回廊和石径上，弥漫着历史的深邃无垠，也携带着大自然的慈爱与平和。她沉落在澄净的秋水中，就是这样你中有我，我中有你，就是这样相濡以沫，不离不弃。秋风打湿了悠远的时空，那轮被水墨浸染的圆月，沉淀着的千秋不改的如画江山，朝代更迭的皇皇政史，还有万古长存的天地人和。

青鸟打远处的南山飞过，穿过秋天的帘幕，落在故园的楼头。青砖黛瓦的院墙滋生了斑驳的苔藓，带着时光的痕迹，带着岁月的性灵。那株古拙的桂花，像一位安宁的老者，深情地守望着一段又一段悠远的历史。摇曳的灯光下，慈母那双渐渐苍老的手，颤抖着思念的抚摸，将远方的游子呼唤。还有饮露的寒蝉，唱彻了夜晚的梧桐，将今秋的心事风干。

静夜思

唐·李白

床前明月光，疑是地上霜。
举头望明月，低头思故乡。

秋水般明净的风自悠长的小巷吹来，沿街高挂的红灯笼被轻轻拂动，像一片片流动的红云。清凉的院落围坐着欢聚的家人，洁净的桌几上摆放着新鲜的水果与精致的月饼。他们品茶赏月，感受着团圆的幸福，一种简单平实的幸福。

轻盈的桂花飘落在石阶上，弥漫着幽淡的芬芳。不知是谁临着高楼唱起了满月的歌，一轮清澈，一轮明朗，徐徐地向幽蓝的天幕舒展。

　　那一轮明净如水的明月，从远古到今朝，从乡村到城市。它沐浴过古人，又照耀着来者。它守候清风，又静待白云。它流淌过江南的水乡，跋涉过塞北的烟尘，抵达了清秋的人间，将祥和与宁静、团圆与温馨留给天涯的旅人，留给芸芸众生。

望月

在远古的荒野上，横亘着逶迤起伏的山脉，蜿蜒曲折的河流，以及那些不曾被文明开智的人类。浩渺宏大的宇宙，驰骋着风雨雷电。变幻无端的时空里，有了人类对日月星辰的崇拜与向往。月亮成了借以驱逐黑暗、消解灾难的图腾。她遥挂在深邃幽蓝的夜空，记载了千万年的亘古秘境，牵引着一代又一代人探索的目光。

是那轮皎洁的明月，从泛黄的春秋诗卷中而来，穿过斑驳城墙上青湿的苔藓，落在了众鸟飞尽的空谷，落在了蒹葭苍苍的水边。从女娲采集五色石炼化补天开始，明月的传说就开始蒙上了瑰丽与神秘的色彩。风清露白时，游弋缥缈的月宫，只能从阴晴圆缺里读懂她动人的故事。她像是不老的红颜，聆听过无数达官贵人、白衣卿相的欢喜与忧愁，也见证了许多痴男怨女地老天荒的爱情。

嫦娥
唐·李商隐

云母屏风烛影深，长河渐落晓星沉。

嫦娥应悔偷灵药，碧海青天夜夜心。

　　关于嫦娥，留下了太多美丽的神话。她自盗取灵药的那日起，就开始了一生孤独的等待。误吞灵药去，千古自绝尘。广寒宫里是谁落下了悔恨的珠泪？蓝桥之下又是谁打湿了等待的步履？自古以来，许多的红颜佳丽与月亮结下了难解的缘。漫步秦关汉隘，衰草在秋风里安静地摇曳。月光如练，吐露着淡淡的霜华，那位叫昭君的女子，正怀抱着琵琶，拨弄着断魂的清音，倾诉着对汉家宫阙的思念。而另一位有着闭月之容的貂蝉，蛾眉淡扫，虔诚地合上双手，望着月亮，祈祷着绝代的风华。清冷的月光下，在吴越行路的江畔，那个正在浣衣的女子，不就是月神的化身吗？

无题·油壁香车不再逢
宋·晏殊

油壁香车不再逢，峡云无迹任西东。

梨花院落溶溶月，柳絮池塘淡淡风。

几日寂寥伤酒后，一番萧瑟禁烟中。

鱼书欲寄何由达，水远山长处处同。

是这般皎洁的月色，晶莹而温婉的清辉，铺陈着遥远的岁月，灿烂了几千年的典雅文明。"梨花院落溶溶月"，一缕暗香，在明月下浮动幽影，于波光间投下一笔画意，勾勒成诗句辞章。"举头望明月，低头思故乡。"游子思乡的心绪，落在了李白的笔下。蓦然间感念柳梢头的圆月，一轮澄澈，一轮明朗，仿佛真的可以看到捣药的玉兔，垂泪的嫦娥，飘香的月桂，还有渐渐老去的吴刚。那遥远的苍穹究竟深藏了怎样神秘的情境，让世人无法企及，却又热切地向往。浩瀚的宇宙，可否将人类的精神文明升华到更高的境界？溶溶月光，又是否可以慰藉游子寂寞的心灵？

一轮圆月，铺开了青天下水墨的画卷。徜徉在苏子曾经把酒对月的亭台，折一枝丹桂，温一壶暖酒，就着月色，领略"碧海青天夜夜心"的诗韵。那流泻的光华，倾洒在朱阁绮户间，几株婆娑的枝叶，濡染着无边的风雅。不知从何时开始，桂树有了令人折枝的向往，借以表达书生对仕途功名的追求。明月的无私，又寄托成君王的惜才。"明月几时有？""今夕是何年？"苏子在云汉间遨游，关山迢递，隔绝苍茫的人情与世事，做一次忘我的沉醉。他感叹着人生如同月亮盈虚消长，有着悲欢离合的自然规律。

春江花月夜（节选）

唐·张若虚

江畔何人初见月？江月何年初照人？

人生代代无穷已，江月年年只相似。

不知江月待何人，但见长江送流水。
白云一片去悠悠，青枫浦上不胜愁。
谁家今夜扁舟子？何处相思明月楼？
可怜楼上月徘徊，应照离人妆镜台。

　　古往今来，许多诗人借月寄怀，写下无数婉转的诗章。亦有许多以月亮为素材的传世乐曲令人回味无穷。一曲《春江花月夜》如行云流水，拨开了一池潋滟的春水。遥望浩瀚无垠的江上，一轮清朗的明月升起，将万千的世界浸染成如梦的幽境。"江畔何人初见月？江月何年初照人？人生代代无穷已，江月年年只相似。"张若虚临着江畔的月色进入了一个虚缈纯净的世界，他试图探索人生深刻的哲理与宇宙无穷的奥秘。他感叹着人生的短暂，却又执着地追求大自然的永恒。这里的明月不仅可以遥寄相思，可以让游子乘月还乡，还可以在他旷达明净的诗情里聆听到人生的意蕴。

　　像一场来自远古的梦幻，又像一段经年流转的传说。在云波倾泻的山峦，透过深邃而神秘的天空，看一轮渐渐澄澈明朗的月亮。她装载着沉静内敛的思想，记录过风云变幻的时空，历经千万年的岁月风霜，依然静静地遥挂在寥廓的苍穹。那浩瀚无垠的天际，托举尘世间一切的仰望，用豁达宽阔的胸襟，敞开一轴逐云奔月的千年画卷。

　　宇宙给了人类无穷的遐想，让无数的先人开始了漫长而艰辛的探索旅程。从石申占卜战国的星空开始，到张衡丈量变幻莫测的天象；再从祖冲之精算圆周率的奥妙，到郭守敬巧制天文仪器的创举；还有明朝的官员万户点燃了历史上第一枚石破天惊的火箭，将壮美的火焰穿透大明的天空。回首这些敢与日月争辉的先人，他们横空出世、所向披靡的豪迈，激发了后人发掘探险的勇气。

把酒问月

唐·李白

青天有月来几时？我今停杯一问之。

人攀明月不可得，月行却与人相随。

皎如飞镜临丹阙，绿烟灭尽清辉发。

但见宵从海上来，宁知晓向云间没？

白兔捣药秋复春，嫦娥孤栖与谁邻？

今人不见古时月，今月曾经照古人。

古人今人若流水，共看明月皆如此。

唯愿当歌对酒时，月光长照金樽里。

在星罗棋布的夜空里，有位素衣洁裙的女子，惆怅在缥缈的月宫。依稀的清风，牵引出她悔恨的曾经。那是在遥远的上古时期，有个叫后羿的男子射下了九个太阳，那九箭的锋芒成了旷世的绝响，也满足了嫦娥举霞飞升的渴望。该是一个如烟似梦的幻境，翩翩佳人朝着白云生处缓缓飞去，她穿渡银河，落在了遥世隔云的月宫。从此天上人间，银汉迢迢，再难相见。这就是奔月的嫦娥，带着神话的色彩，给月亮增添了诗意而忧伤的想象。仰望星辰，那轮莹白的月亮绽放出圣洁的光芒。它穿透万丈红尘，落在嫦娥飘逸的长发上，落在李白思乡的酒杯中，落在世人神往的目光里。

一轮明月，普照千年，经历了无数风雨飘摇的王朝，看罢人间的兴废，却依旧重复着不变的姿态。她遥挂在中天，隐现着温润朦胧的光华，牵引了世人探秘访幽的心灵。

霜菊话重阳

　　红枫醉染清秋的霜林，以斑斓的色彩演绎着大自然的华美乐章。拂过岁月的琴弦，那些沉睡的华夏文化在跳跃的音符中苏醒。而重阳节就是秋天诗卷里一页雅致的风景。菊花绽放，是馨香馥郁的盛筵；秋天行来，是云淡风轻的际会。飘逸的芳菲，记忆远游的步履，穿越魏晋与唐宋，采集一束束霜菊与茱萸，在诗人词客的印象里，写下锦绣玲珑的辞章。

　　重阳节登高，清秋时赏菊。这是华夏民族传统的节日，它被成熟的光芒所笼罩，蕴含了秋天深沉高远的思想。追溯到先秦，在秋季农作物丰收之时便有了祭天、祭祖的风俗。魏晋以来，重阳日聚会饮酒、赏菊赋诗已成为一种时尚。直至唐朝，重阳被正式定为民间的节日，而后随着朝代的更迭沿袭至今。

九九重阳，如今又被增定为敬老节，年岁压在双九的日子，隐含着长长久久、延年益寿的寓意。在空旷的岁月面前，重阳这个绵延千载的佳节，不知被多少支温润的笔填充过。也许那些片段，在翻卷的浪潮中只留存一些模糊的景象。但是凭着时光流淌的痕迹，我们仍然可以寻找出许多精致生动的细节。

温暖的秋阳落在古藤攀附的城墙，那一束束金色的亮光，折射着过往时间的沉香。在这天高云淡的清秋午后，选择离开城市高楼拥挤的丛林，离开市井巷陌的熙攘冠盖，轻盈地推开重阳这个古老节日虚掩的门扉。红叶内敛的山头，一片深秋的风景就那样生动起来。

漫步于枫树林中，在写意的空间拨弄流水清音，静读烟霞性情。流转的山风顺着季节的方向，将深深的情愫倾泻到逶迤的峰峦，蔓延至幽深的谷底，浸润到秋天的脉络里。那凭高长啸的旷达，饮酒赋诗的雅闲，醉卧白云的洒脱，是天空与大地的心灵对话，是古人与今人的思想叠合，让豪迈快意的人生变得深邃悠长。

九月九日忆山东兄弟

唐·王维

独在异乡为异客，每逢佳节倍思亲。
遥知兄弟登高处，遍插茱萸少一人。

置身在云烟苍茫的山峦，俯览着城郭的黄昏景致，那些或高耸或平和，或古典或现代的建筑，静静地沉醉在酡红的夕阳里，呈现着岁月行走的痕迹。远处飞翔的大雁，它拨开层云，丈量故乡的路程，将思念与祝福带向那个遍插茱萸的地方。

"遥知兄弟登高处，遍插茱萸少一人。"最是这吟哦千载的诗句，给重阳增添一抹浓浓的乡情。登高望远，穿行在历史的奔流中，感悟更豁达、更高远的人生意境。那个绚丽繁华的朝代，随着变幻的时空，浓缩成淡淡的记忆，在水墨古卷的文字中沉淀成重阳登高的典故，唱和了千古风流。

过故人庄

唐·孟浩然

故人具鸡黍，邀我至田家。
绿树村边合，青山郭外斜。
开轩面场圃，把酒话桑麻。
待到重阳日，还来就菊花。

低眉遥望南山脚下，篱院故圃里，一朵朵悄绽的黄花，洗去岁月的铅华，以夺目的清雅，点染出重阳的色彩。那个独倚斜阳的瘦影，守着东篱，饮一壶菊花佳酿，赋闲归隐，形骸无我。"开轩面场圃，把酒话桑麻。待到重阳日，还来就菊花。"菊花以它孤标傲世、卓然离俗的淡泊情操，融入文人挥洒的墨中，写进我们编织的梦里。

于薄暮的风中独醒，独醒间犹见其悠然超逸的风骨。在有流水的地方，秋天的船筏满载菊花的清香，它从乡村篱舍的溪边放逐，流经古镇石桥，流入雪浪江涛，迈着文明的步履，载着历史的碎片，在流淌的岁月里渐行渐远。行经之处，刻录了千年的光阴，也见证了世事的风云。

沉醉东风·重九

元·卢挚

题红叶清流御沟，赏黄花人醉歌楼。天长雁影稀，月落山容瘦，冷清清暮秋时候。衰柳寒蝉一片愁，谁肯教白衣送酒？

目光越过远方那些斑斓的秋树，落在了芦花飘飞的江畔。观江涛渚影，听沙汀雁声，在宁静至极的意境中感悟蒹葭苍苍、白露为霜的纯然清远，也体会着秋天深邃的人生况味。"天长雁影稀，月落山容瘦。"那轮刻着"重阳"二字的秋月，宛若一块远离繁华的美玉，静静地镶嵌在天边。一半是明镜晓霜，一半是岁月苍茫。

在季节如此频繁的交替里，有多少过往的记忆悄然地呈现？被时光闲置的静谧空间，连文字与意念也显得多余。远山的轮廓在无边的暮色中走失，只余下低低吹弄的箫声，于轻漾的微风中徐徐渺渺，若有若无。

采桑子·重阳

现代·毛泽东

人生易老天难老，岁岁重阳。今又重阳，战地黄花分外香。
一年一度秋风劲，不似春光。胜似春光，廖廓江天万里霜。

大浪淘沙，千年的存在也仿佛只是短暂的一瞬。回到盛世的天空，一种来自内心的热流驱散了所有飘忽的思绪。"人生易老天难老，岁岁重阳。今又重阳，战地黄花分外香。"那个艰苦卓绝的年代已经远去，风雨湮没了硝烟战火，锈蚀了戈矛刀枪，一切归于和平宁静。但我们仿佛还能看到那位开拓者在烽火连天的战场里显露英雄本色、王者之风。

如今，又是重阳，那些脱去征袍、回归故里的老者，在风和日丽的午后闲坐品茗，在楚河汉界的厮杀中回忆当年的刀光剑影。唱一曲大江东去，于壮丽的山河中怀想风流人物，享受夕阳无限好的晚年时光。

一路行走，将浮华的世事搁置，流连于重阳节于不同朝代所呈现的剪影。在追梦的旅途中，一次次被深远高旷的意境打动灼热的心灵。择一棵茱萸佩戴，或摘一朵菊花簪头，抑或醉倒在青天之下，摆放一秋的思想。清风翻开许多尘封的记忆，那些被收藏的文字，像是一个沉静了太久太久的梦。即使是傍晚的余照，也散发一次璀璨的光芒，把波光洒在粼粼的秋水间，留看明日的思量。

蝉声渐老，低吟驿路的垂杨；大雁始飞，回看故林的落叶。那些明净的秋水长天，飘逸的菊花梦境，都随着重阳散落在一页页封存的典籍中。曾经萍聚，而后云散，许多沉积在岁月深处的迷雾已飘然远去，历史还原了它本来的清晰与真相。怒放的黄花邂逅了秋天的情怀，那些古典的印象，宛如一泓清泉，缓缓地流入华夏民族的精魂。

　　一叶秋风已成往事，明月在历史长河里悄然流淌。重阳，这个凝聚着古老文化、民间风俗的传统节日，像一壶陈年佳酿，让古往今来的华夏儿女品味出浓郁的醇香。一岁韶华，云烟过眼，趁这重阳日、佳节时，邀约两三好友行舟泛水，登楼咏月，超然以风物，放达于人情。在江山如画的中华大地，踏着一条浮光跃金的道路，轻歌天下，曼舞太平。

第六辑

最美人间
四月天

你途经过我

倾城的时光

张爱玲·海上浮沉

　　不知为何，这几日我总是会想起张爱玲的那张照片。穿着一件旧色的旗袍，抬着高贵的头，孤傲又漠然地看着庸碌俗世，仿佛对这一切浮华都是那么不屑，而她就是那个无关悲喜的人。

　　朋友说，写文字的女子，美得就跟幽魂似的，而张爱玲想必就是幽魂中的一个。我对她并不了解，甚至对那么多写文字的女子都不了解。一直以来，我拒绝走近她们，因为她们太遥远，而这些恍惚的遥远从来都与我无关。可我知道，冥冥之中她们却与我有着因果联系，尽管我不想走近，那些幽魂亦会飘然入梦，在许多不经意的时候与我纠缠。而我也没想过要逃避什么，如果只是偶然遇见，那就让遇见成为开始，只是别问我结局。

　　关于张爱玲，我所知道的真的不多，很多时候我只能看见她的背影，穿一袭老旧的旗袍，在寒冷的街头走来走去。那被凉风裹紧的情感，粗粝又疼痛。不是为了等待，也不是为了追寻，因为任何一种修饰，对她来说都是多余。

而她就是在多余的故事里，独自演绎着灿烂与荒凉。谁不知道寂寞的灿烂是真的灿烂，而灼热的荒凉又是真的荒凉？也许只有她可以将这一切融合得这么完美，在完美的底色里，又有那么多伶仃的悲哀。

许多人说，她是一个轻狂又孤寂的女子，华丽得透明，又孤独得彻底，仿佛极致从来与她就是不离不弃。这样的女子，飞扬跋扈，又落魄不达，她可以直上云霄，也可以低入尘埃。她是空前绝后的，所以注定要在极尽中消散，当一切都觉得无味时，她就该离去。红尘于她不过是一件遮身的旗袍，褪去了，便什么也不是。

想起她，又会想起那个乱世风云的上海，仿佛所有的华丽与璀璨都需要那座风情城市的衬托。否则任你多么妖娆都晦涩无华，任你多么夺目都黯淡萧然。张爱玲在上海做了倾城的才女，拥有一段倾城之恋，当所有的烈焰簇拥在一起的时候，必定会燃烧。而她做了那耀眼的烟花，在最绚烂的时候灰飞烟灭，化作一地的残雪，消融了自己，又冰冷了别人。

想起她，就会想起那曼妙风姿，着一袭桃红旗袍，媚似海棠，买醉在华灯初上的夜。而后又独自摇摆着身姿，散淡地行走在古旧的弄堂，在寂寥的暗夜，只听得到高跟鞋与石板地碰触的声响，如月色般的薄脆、寒凉。也许，这只是我想象中的张爱玲，而本来的张爱玲并不是这样极致。

但是我很难想象她低眉顺目的样子，因为，在抬眉间，我看得到她嘴角的轻笑，那种傲然于世、冷艳绝俗的神韵，又岂是寻常女子所及的？

她无法做寻常女子，她是张爱玲，张爱玲就注定无法平庸。这样的女子，自有一段不平常的爱情为她安排。正值容颜风华之龄，正是文采惊城之时，她遇见了生命中的男子，那个比她年长十多岁，又有妻室，且政治身份是汉奸的胡兰成。张爱玲是不会用世俗的眼目来看这些的，她爱上一个人，与世俗无关，爱就是爱了，爱不需要缘由，也不在乎结果。

在她决意与胡兰成恩爱时就没想过幸与不幸，因为结局对她来说不重要，她只要那个悲喜的过程，纵然粉身碎骨，爱过就好。直到后来，许多人说，胡兰成将她背弃，另结新欢，而张爱玲惆怅满怀，悲伤落寞。

我不以为是如此，像张爱玲这样的女子，不会为了一个薄幸男子而悲戚。在她爱的时候就不曾想要永远，当过程成了过去，对她来说，胡兰成就只是一张旧照片。在怀旧的时候，偶尔翻起，不然就只是将他遗弃，遗弃在过往的废墟里。她不屑于重拾那段温情，亦不屑于再爱别人。

她甘愿独自凋谢，在尘世中枯萎。她的枯萎不为任何人，是她厌倦，很多时候，爱也会成为一种厌倦。倘若胡兰成不背叛她，总有一天她也会厌倦胡兰成，那时候她连背叛都懒得，她根本就不屑。

让张爱玲一辈子守着一个人，全心全意去爱，未免太不像她。在我看来，张爱玲断然不是这样的女子，她宁可孤独老去，亦不要一生的纠缠。

她是个疏离的女子，依附过了，就是疏离，只有疏离，才能彻底地感觉到欢爱的愉悦。

在旧上海那座古老的公寓，那个叫张爱玲的女子过着闲淡的生活。一杯热咖啡，几张素纸，伏在书案上写写描描，看轩窗外胭脂色的圆月，偶有微雨淅沥地落着。这旧色的屋子发生过爱情，这旧色的屋子有过沉寂，有过辉煌。

也许太过熟悉、太过安稳的地方反而会让人心生孤独落寞。张爱玲不愿意躲在一间小屋子里，守着未老的岁月，寂寥又踏实地过日子。换作是我，也许就这样守着一间旧屋，看着满房间各式的旗袍，重复地听留声机那首老歌，哪儿也不去，在此孤独至死。可我是我，我与她相距太远，我只有一种色调，我没有张扬的力度，只想悠然度着平静的流年。张爱玲不同，她是个彻底又决绝的女子，她可以彻底地记起，也可以彻底地忘记。

当一切都成为过往的时候，她选择离开，离开熟悉的城市，离开熟悉的街巷，从此放逐天涯，从此背井离乡。她离开，是因为她想忘记，她厌倦上海的风华，所以选择另一种安宁的存在。自此，做另外一个人，一个默默无闻的人，在遥远的异国，无爱无恨地活着，该怎样就怎样。

之后的张爱玲，又那样没来由地跟个老头结婚，又那样没来由地做了寡妇。其实，纵然他们不说，我也知道，她这样的女子，注定孤独，我不会相信她能拥有一段自始至终的婚姻，然后携手看花落花开，在一起白发苍颜地老去。

这种平凡人的幸福，不是她所能拥有的，上苍是公平的，给了她足以傲世的才情就不给她平凡安稳的幸福。所有的人只是她生命中的过客，没有谁可以为她停留，纵然有，她亦是不允许的。她不想成为传奇，可是她本身就已是传奇，这是命定，无法挣脱的宿命。

每个人都有属于自己的宿命，或平庸，或绚丽，或辉煌，或落魄，而张爱玲却将这一切纠结于一身。显赫的家世，没落的贵族，风起云涌的年代，旷世绝代的才华，孤标高傲的性情，这么多的极致将她焚烧，她无从选择，只能将自己摔碎、研磨、熬煮，再一口喝下，这样她还是属于自己。

没有谁可以改变这个过程，胡兰成将一池清水泛起了涟漪，最后还是要还她于平静。更别说其他的人，其他的事，与她又还能有什么瓜葛呢？一直以来，我以为张爱玲不是一个容易动情的人，所以在她活着的时候，那么多的人为她欢喜，死去的时候，又有这么多的人将她追忆。这些，她都不会在乎，哪怕你们将她的名字刻在骨子里，她也不会在意的。

说这些，未免让人觉得张爱玲过于寡淡，其实她内心的那团烈火，又岂是我们所能触及的？既然无法触及，无法与她一同焚烧，莫如远远地观望，且当她无情，这样就少有几分牵扯。至少我从来没有想过要与她有什么牵扯，别人想要，与我无关。

许多的小说家，千百次地安排主人公的死，各有各的结局。张爱玲生的时候也许知道的人太多，所以死的时候她选择悄然离去。在一个月圆之夜，孤独地死去，无声无息。我可以想象，白发苍颜的她，穿一件破旧的旗袍，躺在异国的病榻上，看着窗外的圆月，再也没有任何可以回忆的事，没有任何可以牵挂的人。当一个人无所谓生，无所谓死的时候，来路便是归途，她可以随时安排自己。

其实，我很佩服张爱玲，她让自己活到鸡皮鹤发，且一直优雅高贵地活着，孤独淡定地活着，像她这样的女子，要活到老去是多么地不易。她走进红尘，又不被粉尘呛伤，依旧孑然独我。她离开红尘，又不被时间湮没，依旧灿烂光耀。这样的人生，也许只有张爱玲可以书写，活着与死去对她来说没有区别，灵魂在每一个属于她与不属于她的空间飘荡。

许多人说张爱玲死了转世成了某个人，或者转世成了某株植物，抑或是其他。这些我都不信，没有任何人、任何物可以代替她的今生，何况我不希望她会有来世，因为这样的女子不需要有来世，一生就够了。

今夜，我亦不希望她知道，有一个叫白落梅的女子，用一支素笔将她淡淡地描摹。因为，将她追寻的人太多，我是断然不愿做那许多人中的一个。她做她的张爱玲，我做我的白落梅，多年前不曾相遇，多年后也无须记起。只是一页泛黄的文字，你翻过去，就罢了。

陆小曼·罂粟花开

    仿佛从生下来就开始喜欢怀旧，懵懂不知人世的时候，潜意识里怀想着那些遥远不可知的从前。当一切都清醒明了的时候，又怀想着人生过往的点滴痕迹。一路风尘地行走，落下一地的记忆，而这些记忆又让我无数次地反复想要去拾捡。今天拾捡昨天的记忆，明天又拾捡今天的记忆，年华就在这样的拾捡中匆匆流去，倘若说是蹉跎岁月，倘若说是消磨光阴，倘若说是耗费青春，都不重要。

    纵然我不去怀旧，而是用一种积极的方式来向往明天，又如何？因为明天还是会成为昨天。说这么多只是因为近日来，偶然想起那些凝固在过去的女子，那些被世人赞誉为风华绝代的女子。比如张爱玲、陆小曼、三毛，还有林徽因，这些女子不管她们过去怎样，记得她们的人真的很多。

　　我的怀旧与她们无关，只是她们也属于过往，而我再度提起，也算得上是一种忆旧了。总觉得为人要有始有终，既然我用一瓣素心为张爱玲描摹，又怎能不为陆小曼轻轻地添上这一笔淡墨呢？

　　若说为陆小曼，莫若说是为自己，心之所想，便留下这段记忆，虽非刻意，却真的想过了。关于陆小曼，如同张爱玲那般，所知道的亦不多，我只知她擅长绘画，且喜歌舞，亦写得一手好文章。在她风华之龄与诗人徐志摩相爱，之后过着一段奢靡腐朽的生活，并且做了个鸦片鬼。

　　亦知道她生在上海，死在上海。还知道她是个任性、浮华、招摇，却又寂寞、寥落、孤清的女子，她身上带着蛊惑人的妖气，是个不折不扣的"妖精"。这样的女子仿佛会巫术，令她的前夫王赓为她倾倒，又让徐志摩为她痴狂，还让翁瑞午为她迷醉。

　　也许还有更多的男子为她疯癫，无论是否有过真心，至少染过她的毒，想要戒掉，也不是件易事。是的，她是一剂毒药，如同罂粟，在人生的枝头开出罪恶的花朵，那芬芳饮下便要断肠。可是，中毒的人从此沦陷，再也不能自拔。

　　当我看到她年轻时的照片，在黑白的剪影里并瞧不出她有多妖媚、多叛逆，只是淡淡地微笑，秀丽而端庄。也算是书香门第，生来聪慧玲珑，长大后出落得娉婷婀娜，且才情不凡，能诗善画，也曾令无数青年才俊痴迷。甚至可以说在遇上徐志摩之前她还算得上是个端庄的良家女子。

说这些，并不是说陆小曼与徐志摩的相识是种错误，更不是说徐志摩的诗意纵容了陆小曼的妖媚，而是陆小曼骨子里本来就流淌着风情的血液，她不是一个甘愿平凡，能守寂寞的女子。她当初奉父母之命嫁与王赓，王赓虽不是那等不堪的俗物，可是与陆小曼的风华相比，就显得太过平庸了。

他的平庸无法填满陆小曼骨子里透出的风情，当新婚的激情过后，就再也不能在陆小曼的心中溅起半点浪花了。何况他被任命为哈尔滨警察局局长，而自小在上海这座充满诱惑的大城市生活的陆小曼，又如何愿意静守在北方那个没有情调的寒冷小城，过着不咸不淡的简单日子？于是，两地分居，陆小曼从此等待着属于自己的另一种命运。

其实，命运早已为陆小曼做了一番巧妙的安排，只为不辜负她一世的风华。有人说，陆小曼有一双会说话的眼睛，她的眼光里时常漾起心泉的秘密。而她那带着蛊惑的秘密，被浪漫的江南才子徐志摩发觉，并且拆穿，从此为她倾心。

那时的徐志摩曾与林徽因发生过一段刻骨的爱情，而林徽因却无奈嫁与了梁思成，在徐志摩失意之时遇见了同样失意的陆小曼，这样失意的相识再也没有任何力量可以将他们分开了。结束一段故事就要开启另一段故事，徐志摩结束了他与林徽因还有张幼仪的故事，便决意要与陆小曼在一起。

陆小曼的心灵为徐志摩浪漫深情的诗歌颤抖，那种波澜壮阔的爱情点燃了她郁积在心中的那团火种，她要拥抱着徐志摩，同他一起燃烧，一起化为灰烬，再将水调和，捏成一个泥人，不再有彼此之分。她不顾一切要与王赓离婚，甚至不惜牺牲肚子里的孩子，还因手术的失败落得终身不得生育的遗憾。这样的付出对她来说都是值得的，她是纯粹的女子，可以为爱生，亦可以为爱死。

自古爱情皆让人疯痴，一旦陷入，便再也由不得自己，平凡人况且如此，更莫说风情万种的陆小曼了。任徐志摩的家人如何将她阻拦，她心比金坚，纵是送命也要嫁给徐志摩。这样强烈的爱情谁也无法阻止，执意的人只会被陆小曼身上携带的荆棘刺伤，哪怕血肉模糊，她也不肯作罢。

她做到了，嫁给了徐志摩，每天风花雪月，帷帐里温情缱绻。新婚时过了一段如世外桃源的闲逸生活，后因战乱重返上海。当时的上海十里洋场，外国人的租界歌舞升平，俨然一派奢华腐朽的景象。自小养尊处优且能歌善舞的陆小曼怎禁得起这样物欲横流的诱惑？

从此她沉迷于上海的夜生活，打牌、听戏、跳舞、喝酒，直至后来吸鸦片，过着糜烂甚至是堕落的生活，彻彻底底地做了世俗中的女人。而徐志摩一味地将她宠爱，在几所大学教书，只为挣更多的钱让她挥霍。

陆小曼太奢侈任性，又娇慵贪玩，凭着惊人的美貌像个交际花似的在夜上海周旋于那些所谓的社会名流中。她太放纵招摇，到最后竟然和翁瑞午隔灯并枕躺在一张榻上吸鸦片，吞云吐雾全然忘了她是徐志摩的太太。

　　翁瑞午风趣幽默，又喜欢唱戏、画画，这些都是陆小曼所喜好的，徐志摩那时除了为她写情诗，就只是不停地工作，生活的压力让他少了那份舒适的闲情。因陆小曼体弱，翁瑞午教会她吸鸦片，还经常为她按摩，有了罗襦半解、肌肤相触的机会。这时的陆小曼早已丢了从前的灵性，只是尽情地将自己放纵，在腐朽的路上渐行渐远，想要回头，却是不能了。

　　热烈的开始，需要热烈的结局，她与徐志摩的那段缘，直到徐志摩粉身碎骨、魂消魄散之时才终结。徐志摩为了多挣家用，不得不离开上海去北大任教，而陆小曼却不舍得抛掷她在上海的奢靡生活，不愿与他同往。

　　无奈徐志摩只得频繁地往返于北京和上海，在一次飞行的过程中不幸遇难，离她而去。一位浪漫的风流才子就这样匆匆地结束了一生，放下不能放下的事，舍弃不能舍弃的人。这么突然的离开，陆小曼亦是心痛不已，她写《哭摩》，她伤悲地悼念逝去的爱人。徐志摩走了也好，突兀地离去，瞬间剜去陆小曼最后一颗真心，从此生死无惧，任尔西东。

　　有的时候，怀念要比相依更加蚀骨，既然要活得自我，就干脆不要任何纠缠。爱情死了，陆小曼却也还是离不开上海滩，离不开翁瑞午，离不开阿芙蓉。后来她索性和翁瑞午同居，日日躺在榻上吸鸦片，云里雾里，还管他什么世事沉浮。

　　后来，翁瑞午也死了，而陆小曼却一如既往地活着。带着一身病骨，笑看世间的一切，哪怕已经沧桑得不成样子，哪怕容颜尽失，还是坚决地笑着。

也许很多人都不喜欢陆小曼，因为她实在太不自爱，太不知轻重了。可是，不知为何，她所做的一切我都能理解，尽管我不认同她的行为，可是我却能理解她慵懒的堕落。我总是会认为，像她这样的女子，做什么都不为过，更何况她想要做的，别人又岂能阻挠？既然无法改变，不如任由她去。

她不需要疼惜与怜悯，亦不在乎谩骂与指责。我佩服这样的女子，风华地惊世，又落魄地倾城，她恨不得将一身的剧毒输入所有人的骨髓里，让那些爱的人穿肠而死，又让那些不爱的人腐烂而死。

我不想过问陆小曼是如何死去的，病死的也好，吸鸦片死的也好，寂寞死的也好，哪怕是无聊死的也好，都不重要。反正就是死了，死了好多年，时光轻轻地离去，已经那么遥远，却一直有人记得她。喜欢她的人记得，不喜欢她的人也记得，我也做了这许多人中的一个，可是没带任何感情色彩，只是冷冷地看着她的悲欢。

她没想要谁记得她，也没指望谁说她好，她在来的时候来，在走的时候走，甚至没有该与不该。那一天，不知道是晴还是雨，不知道是日还是夜，只知道她带走了她的妖气，带走了那芬芳的毒药。还知道，她没能和徐志摩合葬在一起，各自在属于自己的泥土里开花，再也结不出同样的果实。

罂粟花开，罂粟花落，一生烟云，已然消散。当文字结束的时候，仿佛也是与陆小曼别离之时。也许今后我再也不会将她想起，纵然会有想起，也不会再为她留下墨迹，哪怕为了某种缘由还会有墨迹，却再也不会是这般滋味。有些人，有些事，只有一种滋味，味道没了，就再也回不到最初。陆小曼不能，我亦不能，还有你，你也不能。

林徽因·人间四月

今晚有月，还是圆月，遥挂在中天，明净如水。跟好多年前的月亮一样，只是好多年前那个望月的人不是我。沐浴焚香，一盏茶，一张琴，一本线装书，方觉人生本清明，只是需要温润的心境来滋养。

窗台上那盆清幽的蜡梅在回忆旧年的那场雪，那么多冰洁的朵儿，有含苞的，也有绽放的，仿佛每一朵花都萦系着一个人的前世。可分明有人说过，林徽因的前世是在人间四月，有清风在小径逶迤，有燕子在梁间呢喃，还有一树一树的花开。她是许多人梦中期待的白莲，无论岁月有过多少的流转，无论沧海是否化作桑田，她永远活在人间四月，有着不会老去的容颜。

也许，林徽因一直以这样清雅绝俗、纯净洁美的姿态活在许多人的心中，世人都是如此，愿意将某个最完美的记忆定格成永恒。这期间，不论有过多少沉浮起落，都不想去改变最初的美丽。当然，那些不快乐的记忆亦是如此，一旦种植在心间，就很难拔去那截疼痛的根茎。

每个人都有属于自己的记忆，无论是完美还是缺陷，都已珍藏，而时光是好东西，它可以将完美过滤得更加完美，又可以慢慢地弥补有过的缺陷。林徽因那份轻灵的诗意，这么多年都不曾更改，将来亦不会。

是的，看过她的《你是人间的四月天》都会有一种感觉。她太清纯了，纯得就像是江南一枝初绿的新芽；她太娇嫩了，嫩得就像是四月一朵淡粉的桃花。

想她的时候，心里是洁净的，被露水浸透过的洁净，不愿携带半点粉尘，只怕沾染了她的圣洁；想她的时候，心里是澄澈的，被月光漂洗过的澄澈，不忍含有一丝俗念，只怕惊扰了她的纯粹；想她的时候，心里是安宁的，被微风吹拂过的安宁，不敢增添一缕相思，只怕轻薄了她的温柔。

这个女子，因为一首诗，占尽了芳华，那个年代，那么多的才女，除了她，再也没有谁可以带给人们这样洁净无尘的感觉了。世间有许多的唯一，张爱玲是唯一，陆小曼也是唯一，而林徽因亦有她的唯一。

相信在每个有梦的从前，都会收藏这些如诗的记忆，美得晶莹，像青春岁月那样冰清玉洁。而这份感觉也只是停留在多梦的年龄，过后就再也没有那么纯一的味道了。然而，林徽因做到了，她将她的纯一凝固在每个人的心中，至于后来的她，发生了些什么，记得的人却不是那么多了。

　　她纯美的气质是与生俱来的，到了最曼妙的年华，遇上了生命里第一个男子，儒雅俊美的大诗人徐志摩。这个男子触动了她内心最柔软的情愫，满足了她对异性所有美好的向往。于是，他们相恋了，相恋在那个有康桥的异国他乡，给了许多青年男女对爱情如诗如梦的想象。这样清澈的感觉一生也就仅有这么一次，只一次就足够用一生来细细地品尝。

　　这是一段短暂的爱，之后就如同徐志摩所说，你有你的，我有我的方向。曾经交集时刹那的光芒已然消散，可是在彼此的心间留下永远的温暖。有人说，林徽因其实并没有真正爱过徐志摩，那只是一个少女在情窦初开时一种美好的相遇，待岁月沉淀，就不再有了。

　　我不想去猜测什么，因为我能明白，林徽因遇上徐志摩的感觉，也许不只是我明白，许多人在最青涩的年华里，都会明白。那是一种十指相扣的温暖，过了那个年龄，便会结束所有的青春与幻想。于是，林徽因与徐志摩选择别离，往不同的方向，无论前面是阳光还是风雨，都不再回头，可我相信，他们一定还会相见。

　　也许离别是疼痛的，可是林徽因却可以让疼痛隐没得很轻很淡。她是一个诗意的女子，却没有在诗意中暗自感伤。她嫁与梁思成，一起攻读建筑学，走了许多的城市，写下许多建筑的论文，更为中国古代建筑研究奠定了坚实的科学基础。

原以为，这样的柔弱诗情的女子，应该如小家碧玉般坐在闺房读书写字，嫁一个喜欢的男子，从此浓情蜜意。却不知，她竟如此执着于事业，一生钻研建筑，哪怕病痛缠身亦不曾有过放弃，用她的灵性与智慧写下生命的绝响。

我不知她是否爱梁思成，也许只是一种相濡以沫，可是一直相伴，走过风雨人生。她是个高尚的女子，爱情与事业，她选择后者，事业的成就远比小儿女的情感来得豁达。比起那个时代，许多人沉溺于狭窄的文字，仿佛在粉饰太平，做着颓废的思想，过着糜烂的生活，而林徽因的人格要高尚得多了。

也许真的很难想象，这个将一生的岁月都交付事业的女子就是那个写"人间四月"的女子。其实也没什么，她的诗句中隐隐透出的都是希望与温暖，或许就是因为这样，她与其他女子是那么地不同。尽管她也同她们一样将自己推向高高的云端，却是以一种平和的姿态看着世间万象，而没有剑走偏锋，让自己伤痕累累。

这样的女子是真的聪明，她让自己洋溢着迷人的魅力，让欣赏者的目光聚集于一身，享受着她的典雅纯美，愉悦了别人，又温暖着自己。

正是这样温和的性情，让学界泰斗金岳霖温和地爱了她一生。他钦佩林徽因，爱慕她的容颜与才情，更欣赏她这种洁净优雅的气质。他用最高的理智驾驭自己的情感，默默地爱了林徽因一生，终身未娶。

　　一生，这两个字说来轻巧，可是度过去，是多么漫长。我亦钦佩这样的男子，可以为一个女子守候一生，寂寞一生。而这些是徐志摩所不能做到的，梁思成亦不能，可是金岳霖做到了。许多的人一生都在爱着，却是爱着不同的人，结束了一段感情又开始另外一段故事，纵然没有爱，也要不停地寻找情感来装饰自己的人生。

　　也许，林徽因也同样爱着金岳霖，只是矜持缄默地爱着，甚至不能像年轻时与徐志摩那样毫无顾忌地相爱。因为，只有青春可以放纵，过了那个年龄，就不再有放纵的资格。倘若你要放纵，就意味着一种背叛，就得忍受世俗的指责，忍受讶异的目光。

　　林徽因是不会让自己如此的，当年，她可以平静地与徐志摩别离，就不会热烈地与金岳霖相拥。她让自己优雅地活着，不会让自己有任何的破碎，因为，她的生命里没有破碎。金岳霖懂得她，深深地懂得，于是默默地呵护一生，遥遥地望着，看似最远，却又是最近。至少，我有一种隐隐的感觉，感觉他们似乎有着莫名的故事，又似乎什么也没有。

　　太淡了，就像一杯清茶，淡雅素净，品的时候，淡淡的，恍若无味，过后，却又口齿盈香。对于林徽因这样的女子，我也是无奈的，太轻了没有重量，太重了又丢了她骨子里的气质。奈何又不忍将她丢弃，毕竟她在许多人心中留下那么深的痕迹，那份萦绕了多年的素雅芬芳至今都没有散去。

　　若干年前，也许我更喜欢像林徽因这样的女子，安静素然。可是，一路行来，虽不是风霜染尽，却也觉得疲惫无语，仿佛更喜欢张爱玲的凌厉，喜欢陆小曼的决绝，喜欢三毛的放纵。然又不是这样，她们太疼痛了，这样的疼痛只会伤到自己，又伤到别人。

我做不了那样的女子，我一身素然，没有林徽因的追求，亦没有她们鲜活的个性，我只想这样有意无意地看着花开又花谢，一年又一年。性情决定命运，这是一句老话，可是老话说起来才这么令人深思，林徽因的性情就注定了她一生没有太多的起伏。

纵然也有过落魄，那也是因为时代所致，可她却一直没有放弃对建筑事业的追求，一直乐观执着地活着，活得那么坚定，那么清脆。这样的一生，是许多人不能企及的。

红颜薄命的悲剧再次上演。林徽因病了，一病就是好多年，直至生命终结。若不是病，她会让自己一直好好地活下去，一路追寻，直到真的老了，走不动了。可是死了就是死了，她的死如活着一样，不惊心，亦不招摇。

她不会给任何人带去伤，她会让你觉得，纵然死，也是安静的，在安静中美丽地死去，一如活着。沉下心来，又想起了活着的她，而我对她，又似懂非懂，毕竟，她与我们隔世。也许是这样，也许又不是这样。事实上，谁又能看清谁的一生呢？不过是在朦胧中再添一层朦胧罢了。

至于林徽因究竟是不是这样一个女子呢？一个柔婉却又坚忍的女子，

一个诗意又真实的女子。这样的女子，活得清醒又坦然，活得明净又清澈，不会有情感的沉溺，不会有思想的纠缠，不会让自己走向极致的边缘，也不会让自己携带粗粝的性情。仿佛永远都是那样，如四月的春风，温婉，徐缓。

沿着宿命的长巷一路走下去，尽管这不是我想要的，可我竟然有些陷落。纵是陷落也无妨，因为我早已可以平静自如地呼吸。就像我想起林徽因的时候，没有疼痛，只是平和。

今晚月明如水，用我平静的心情，写下平静的文字。我知道，无论我怎样描摹，也改变不了她在世人心中所烙下的模样。一袭素衣的女子，在人间四月，等待一树一树的花开。这个女子，就是林徽因。

三毛·滚滚红尘

窗外微风细雨，又近一年秋凉，记得当初写这几位女子时说过，要有始有终。已有一年的光阴，我才再度提笔，写起三毛，已经不再是当时那般滋味。并不是因为一个诺言，只是想起了她，这位虽然陌生，却时常有人在耳畔提及的女子。

有一种风，叫唐风；有一种雨，叫宋雨。而我就是从那唐风宋雨里款款走来的女子。这句写的是我，白落梅，而不是她，三毛。当我撑一把雨伞行走在江南的雨巷时，却无由地想起了她，这位走过万水千山的女子。

只是印象里，与她相关的是沙漠，是荒原，是一种宽阔的寂寥与无边的苍凉。少了江南的细腻婉约，亦少了一份曼妙与明净。可是带给我一种粗粝的感觉，时光如刀锋般雕琢她的故事，她的容颜，她起伏的人生。

　　我想这样的女子应当洒脱自如，应当冷暖自知，应当爱恨分明。听说，她把一生的爱交给一个叫荷西的男子，听说她走进了撒哈拉的茫茫沙漠，听说荷西死了，她独自背着行囊又走遍了万水千山。又听说她爱上一位比她年长几十岁的王洛宾，最后伤感地离别。还听说她写完《滚滚红尘》就死了，而且还是自杀，又似乎带着某种无法诠释的玄机，留给世人一个不能解开的谜。

　　这样的女子应该算是不平凡的，也许她不是传奇，可她没有让人在刹那忘记，而是经久地忆起。她是一位才女，我想，在她年少的时候，就应该对文字有了别样的敏感。喜欢文字的女子，注定会有难解的思想，注定要走寂寞的路程，她一定不会是例外。她应该有过一段微涩的情怀和懵懂的爱情，应该折叠过疼痛的心事，流淌过相思的泪滴。

　　后来，她去了异国他乡，在下着雪的日子，邂逅了生命里的男子，荷西。他们纯纯地爱过，有过简单的快乐与纯净的温暖，最后还是选择无言地离别。三毛走了，那个比她小几岁的大孩子，她是否真的爱过？我想是爱过的，只是有些爱，需要时间来开启。她错失了等待，也没有留下的理由，她走了，辗转于异国各地。

　　几年后，她回到了台湾，重新拥有了一段爱恋。然而，结婚前夕，未婚夫却突然死去，只是刹那，三毛在得到与失去中醒来。因为太快，她还来不及幸福，亦来不及疼痛，就这样在结束中清醒。

　　有一种遗憾，叫错过；有一种缘分，叫重来。她再度遇上荷西，倘若他们的重聚需要另一段感情的灭亡来换取，未免有些残忍。这不是掠夺，世事就是如此，宿命在人生的行程中安排好了一切，尽管你是主角，却可以全然不知。因为离别太久，所以相思更浓，那本已尘封的心在瞬间被感动洗净。

谁说开始是为了另一种遗忘，三毛在短暂的时间里与荷西热恋，又快速地决定与荷西结婚，是为了遗忘过往的痛楚，还是因为她积压在心底六年的情感真正地得以释放？尽管如此，不会有任何人责怪她薄情，不会有任何人怨叹她负心，这样的女子，做什么都不为过。有些故事注定是短暂的，浅淡无痕，比如她与她那个我不知名的未婚夫；有些故事注定是经久的，刻骨铭心，比如她与荷西。

他们携手走进了撒哈拉沙漠，因为美丽的爱恋，让苍凉也滋长出繁花。茫茫的沙尘里，留下他们深深浅浅的脚印。他们接受了甜蜜的爱情，同样也接受了酸涩的贫穷，也因为酸甜苦辣的交融，风雨旅程的相伴，许多点滴的感动更令他们难以忘怀。

三毛开始了她真正的创作，她拥有了荷西，拥有了文字，酸涩也是甜蜜，贫穷亦是富有。离开了沙漠，他们选择在岛屿上平静地生活，荷西工作，三毛写字，像许多平凡的夫妻一样，过着宁静而安稳的日子。

若不是有了以后的许多故事，我真的愿意这就是三毛最后的归宿，我宁愿就此搁笔，只用这么简单的文字记述三毛的过往，留给她一段平淡而幸福的结局。只是，她的一生注定还有些什么要发生，是我不能左右的。

他们用了六年的时间来辜负，又用了七年的时间相偎依，再用一生的时间来离别。如果说因为这样才会令这段爱情更加地凄美绝伦，因为这样才会令这段故事更加地打动人心，三毛是断然不愿意这样选择的。

她甘愿自己一生平淡，与荷西终老于异国某个无名的小岛，写着不为人知的文字，忍受贫穷与无闻。事与愿违，他们终究还是被迫永诀，荷西的死，来得太快，她不曾躲闪，就已经受伤，并且伤得无以复加。这一次的痛彻心扉，她花了很长的时间才得以将伤口愈合，或者说，直至她死都不曾愈合。

每日每夜，荷西这个名字似锐利的尖刀，划破她的心口，流着伤痛的血。甚至能感觉到她睡梦里醒来，连呼吸都是痛的，这一次的破碎，她不能复合，从此，只能带着一种残缺的凄美独闯天涯。

如果你恰好打她身边经过，一定可以看到她脸上的沧桑，心底的伤痕。你走近一些，可以清晰地看到，这个女子叫三毛，她带着伤感的粗粝，带着遗世的孤独，她是一个人徒步，一个人流浪。于是有了《万水千山走遍》，有了几年的漂泊、疾病、错乱，又有了《滚滚红尘》，有了文字带给她的喜悦、彷徨、孤独。

因为文字，这个女子不再沉寂，她结束放逐，回到台北，邂逅了许多仰慕的眼神，拥有了许多温暖的感动。许多人知道有一个女子叫三毛，她有着简单的容颜，有着风霜的过往，有着疼痛的故事，她流浪过，洒脱过，疯狂过，如今平静下来，许多的人和事都远去，唯有文字与她不离不弃。

我禁不住又想着她可以如此平淡地过一生，哪怕只留有寂寞的文字，哪怕失去了赏阅的目光，哪怕停止了喧哗的掌声，依旧宁愿她平和地活着。因为，每一次相遇都注定会有一段别离，看似坚韧的她，还禁得起任何的别离吗？

我不知道。可是她又有了相遇，一段惊世骇俗的相遇。她爱上了比她年长几十岁的民歌大师王洛宾，或许是因为王洛宾身上那份艺术魅力与她心底的文学气质深深相吸，让三毛这位粗粝的女子又有了爱恋的理由。

因为黄昏之恋，才令她觉得更加地美丽；因为年龄的差距，才令她更加地想要珍惜；因为不同凡响，才可以令她暂时地忘却与荷西执手相看的昨天。无论是何种理由，三毛就是爱了，她说王洛宾是她生活的拐杖，最后，王洛宾终究还是让她失去了这根拐杖。

他们也曾热烈地相处过，又无声地离开。三毛不会在乎世俗的眼光，她离开是因为她清醒地明白，有些爱，可以深沉，却不能拥有；有些人，可以代替，却不能忘记。

人生最大的悲哀，莫过于清醒。一直以为，只有半梦半醒的人生，才留有生命的真味，才有追寻下去的理由。当一切都清醒了然，要么清透地活，要么痛快地死。我以为，走过了万水千山的三毛，看尽了红尘波涛的三毛，可以明净通透地活着。

　　我错了。她不是从江南雨巷走来的女子，她没有柔软的心事，她不能接受平淡的光阴。我以为她可以凭着过往的风尘岁月决然地活着，她没有。

　　三毛死了，死于自杀。可是，许多人不肯相信，因为在她死前，没有留下绝望的痕迹。因为世人只愿意记得她的生，不愿意接受她的死。她的死其实不是一个谜，刹那的了悟，刹那的死亡，不需要任何理由。

　　她是三毛，她不会让自己平静地过一生，她的死无须给任何人交代。无论世人是否将她记起，于我，她始终是一个哀伤的过客，高挑的身材，散乱的长发，带着粗粝的个性行走在荒凉的沙漠。

　　一个人的流浪，一个人的天涯。

你途经过我

倾城的时光

第七辑

流光容易
把人抛

我不穿旗袍好多年

我是个喜欢怀旧的女子，我时常会想起曾经邂逅的人与事。今日我只想诉说我的旗袍，我感觉它在冥冥中做出召唤的姿态，让我再赏旧时的美。其实，我已不穿旗袍好多年，我不知道这种感觉是否在预示着什么，可偏生叫人非落笔不可。

虽然我没有生花的妙笔，没有如流的思绪，亦没有婉转的情节，只留有绵长的回忆。春暖花开时，我漫无目的地将旗袍翻出来，连同前尘旧事，那些远去的日子、简短的细节蕴含着令人思量的味道。

我穿旗袍不是因为我有柔美纤细的身段，不是因为我有轻盈曼妙的风姿。我虽在江南，却未必有江南女子动人的才情和清丽绝俗的古典风韵。我只是喜欢在湖畔的杨柳下轻巧地穿行，喜欢在黛色的天幕间浅吟低唱。

倘若浪漫些，添几许江南的烟雨，在若有若无间萦绕难以言说的情怀。平实些也好，一缕午后的阳光将身影拉长，看我穿旗袍时闲懒的心事。旧日时光里许多的细节，现在想来质朴平凡。读书的时候，我喜欢看秋夜的月光，穿一袭淡色的旗袍，披一件白色的开衫，清风明月多好的诗情，照见我清瘦孤独的身影。

凉风习习，沐浴着无边的月光，抱着一本宋词，漫步在校园的幽径，来来往往的同学都与我擦肩而过，那时的心沉静得可以听见一枚叶子落地的声音。幽蓝的路灯，流泻在青翠的草地上，泛着柔软而轻盈的亮光。宿舍里传来和缓的箫声，学生时代，都是有梦的年龄，心总是那么清澈与纯粹，仿佛连惆怅都带着阳光。每个人都拥有一段翠绿年华，又有谁会忘记那青葱的时光？怀想从前，错过的总是比珍惜的多。

我穿旗袍，渐渐地穿出一种风景，这风景属于校园。白色的梅，他们这样唤我，有一段时间，我很喜欢别人这样唤我，自有一种清绝与傲然。他们说，我与旗袍有一段尘缘，这段缘可以维系一生。我不知道我与旗袍是否真有一段前世之约，不知道今生会有怎样的宿命在将我等待。在花月沉香的日子里，晶莹的露珠打湿青春的梦。

那时的我，总幻想回归古代，在杨柳依依的河畔踏青，在雕花的窗棂背后叹息。而旗袍也总是在无意间暗合了我古典的心境。也常常庸人自扰，在浩渺的天地间落得一怀孤寂与落寞。我穿旗袍，与潺潺的流水无关，与啾啾的鸟声无关，与朗朗的风月无关。只是觉得那淡雅的色调让我贞静、安宁、淡定。

　　我喜欢浅蓝色的旗袍，在平淡的光阴里明净流动，可以消融我的骨骼。就好像喝茶，我喜欢茉莉的清香，啜饮一杯，可以酥软我的身子。偶尔打身边掠过的流云，会在心底浮过缕缕沁凉，当感觉清灵的时候，梦境也带着青春的惆怅与忧伤。

　　在梦与醒之间，我明白，许多动人的美丽都会随春光消逝，没有什么会走到永远。而今想来，那样青涩的生活，让人好生留恋。可无论我怎样留恋，都是徒劳，因为，岁月再也回不到初时的模样了。

　　直到今天，我才明白，怀旧这个词，略带消沉与伤感的色彩。当一个人总是回忆昨天，那他的今天只会更添疲倦，其实，今天也会成为昨天，也许几年后，回首遥望，那时会觉得今天原来是这样地多姿。而多年来追寻的结局，原来早已有了答案。

　　旗袍不曾远离，留给我的依然是无言的背景。似乎谁都知道，穿旗袍需要修长柔美的身段，没有流动的线条，就不会有优美的韵致。我的旗袍，大多都是去店里缝制的。我会选择自己喜欢的布料与颜色，找裁缝去量体裁衣，这是个略显烦琐的过程，可我觉得自有一份美好。我想着，人生若是也可以这样裁剪，一定会更加美好。

　　曾经的我为了追求完美，被泪水浸湿了多愁善感的心。日子久了，渐渐也就只剩下一种简单的姿态。可旗袍依旧带给我优雅的闲情，更多的时候，我穿旗袍，邂逅的是一份平静，是如同秋荷的心事。

　　一袭旗袍，任月光洒落在我的小屋，桌上有一盘残棋、一只闲置的紫砂壶，花瓶里有几枝梅花，我就端坐在小楼上，看如水的月光，流泻在每个黑暗的角落。我在无声无息的月色中清静，那时，连思绪与意念都显得多余。

　　我曾经说过，多情的是那水中的月，而不是那望月的人。可无论经历过怎样的心情，看过多少的秋月春风，最终都会回归平静。也许时光偷走了许多生活的细节，可我依然可以凭借衣橱里各式的旗袍，凭借一些流淌的印象，凭借一些过往的痕迹，寻回曾经遗失的片段。更多的时候，我愿意在平实的生活中积累令人感动的一切。

　　有人说，穿旗袍的女子，倘若觅不到一个可以为之深情的男子，哪怕她心怀锦绣，哪怕她风姿万种，也不过是一抹孤独的风景。这句话在无意间令我暗自惆怅，心生酸涩。我曾经与风一样的男孩擦肩而过，错过手牵手在阳光下漫步的温暖，错过沁凉的柔情，错过单纯的快乐。那只是花开与花合的过程，随着四季的更迭而悄然隐去，我相信缘分，所以从来都不曾去寻觅，尽管生命中还有许多短暂的邂逅，却换不来刻骨铭心。

　　其实，我并没有一颗高傲的心，并没有太多奢华的愿望，我自认为禁得住世俗中纷呈的诱惑，我自认为经得起平淡的流年。我只是个平凡寻常的女子，只想找个同样平凡的男子，拥有一份简单淡定的生活。只是这个男子纵然给得起我一生的安稳，他又如何能绕过这万千的红尘，将我寻觅？我穿旗袍，从和暖的春季，一直到秋凉，只是孤单的背影。

突然有那么一天，走在拥挤的人群中，发觉身着一袭旗袍的我与这个世界竟已格格不入。这种感觉从来未曾有过，那个瞬间叫我落寞不已，不禁问自己，究竟是我不适合旗袍了，还是旗袍不适合我了？二十多年来，我一直孜孜追求的生存方式，到底又是些什么？为何至今依旧寻觅不到结果，也许待我将旗袍搁置起来，才会渐渐清楚这其中的缘由。也许旗袍注定只是一种孤独的风景，这风景有些遥远，有些古旧，像极了行将落幕的黄昏，带着最后一抹绚丽。

没有什么可以值得让人执着一生，其实，不是没有，而是不会。岁月的风霜会慢慢地将一个人的锋芒消磨殆尽，连同最纯净的青春梦想，哪怕这梦比落花还轻，比心还软，也会随云烟消散。久居尘寰的我已经没有轻盈的身段来穿出那份清新流动，没有一颗晶莹不蒙尘的心来酝酿江南独有的毓秀与凄婉。既然无力支撑这种美，又怎忍心去触碰？我不穿旗袍，穿了会心痛，我不想心痛，我本平庸。

旗袍无语，说不定它愿意被我封存，这样就不必沾染太多的尘痕。原以为这一生都会穿旗袍，不同的式样与颜色，有如我不同的年龄与心境。我仿佛在镜中看到自己穿旗袍的身影，短暂的瞬间，呈现出当年清丽的剪影。

在人生况味的背景里，旗袍多了些成熟的风韵，而我的年华也涂抹了人生沧桑。我曾假设过自己能在瞬间老去，那样就可以免去纷繁的一生，无论是离合还是悲欢，可那只是假设，我的假设从未成真。此刻，却犹恐时光流逝得太快，因为我再也没有多余的青春可以消耗了。

　　还是尘封起来吧，连同往事，更多的时候，我宁愿浅淡地回忆，回忆是一种古老的美丽，不会因为年华而褪色，不会因为岁月而流失。我不穿旗袍，旗袍不合我的身段，我的心境亦不合旗袍。

　　明月照不见我因穿旗袍而孤独的身影，也照不见我寡欢的心，我放不下红尘，放不下在重楼深闺处吟哦叹怨的心事，不能挑尽灯花不成眠。寂静的夜，倚着窗子，我听见月光流淌的声音，却又了无痕迹。

　　明月还在中天，我不穿旗袍已有好多年。情缘有限，盟誓无凭，也许我与旗袍的这段缘分不能维系一生，那份不问沧桑的诺言也暗自藏于心底。有限的情缘又岂止是旗袍，人与人之间的相处也会有终结的时候，聚散无定，谁才会是谁亘久不变的归宿？

　　经年如水的平淡，在得与失之间，自有一种怅惘，存在于继往的时日之中。最是这无端的回忆惹人疲惫，由来如梦的不是旗袍，不是往事，而是我渐行渐远的情怀。我不穿旗袍，这样我可以更平庸，寻常的人生才会幸福。

　　趁这个春暖花开的日子，我打开被时光封存的衣柜，看见垂挂在衣架上的旗袍，一件件清雅柔美，碧如水，明如玉。那些过往的情节如同淡墨在纸上浅浅地晕开，原来，我穿旗袍已有好多年。

我不去寺庙好多年

　　自写完《我不穿旗袍好多年》后，那份尘封的美丽让我纷乱的心慢慢地趋于沉静。人生原本就有许多的事无法预测，那些曾经茫然的故事在今夜仿佛渐次清晰。谁说日子过得久了，连感伤也会变得遥远起来。似乎真的是这样，在岁月面前，我的感伤已不再锐利，那些疼痛也在老去。因为心也会变老，当心老了，所有的感觉都不会再有初时的新奇。

　　今晚，我试图让自己在月光的幽径下行走，只是满地的落花，带着暮春的味道，让心底滋生了些许清凉。一个女子携着月色的心情，怀揣落寞的思绪，独自在惆怅的夜色里黯然地行走。

　　我希望，这是一条通往寺庙的古道，我并没有一颗出世的心，并不想皈依山水禅境，远离烟火红尘。只是想沐浴着这无边的月色，沿着落花的幽径，寻觅一个清净无尘的地方。那儿必须有深掩的重门，有雕花的窗棂，有青苔的石阶，有幽淡的檀香，倘若还有缥缈的木鱼声会更好。

我得找个僧者，煮一壶香茗，点一盏香油灯，下几盘围棋，或者参悟经文。那将是一种极其宁静的境界，所有的意念都会变得空灵。很多时候，我都是在梦境中徜徉，想象着庙宇里清净的梵音，氤氲的香雾，随着月光流进我的心里。

我并非一个厌世的女子，也没有超然脱俗的气韵，亦无飘逸高古的情怀。我去寺庙，不是因为崇信神圣的佛教，不是祈求众佛的庇护，也不是为了逃离今生的苦难。我去寺庙，只是因为喜欢，喜欢那道厚重的门槛，喜欢院中几株斑驳的梧桐，喜欢庙宇缥缈的云雾，喜欢那些形象各异、姿态万千的菩萨，喜欢僧客厢房里那一方独有的清净。

在许多悠闲的日子里，我总是怀着一段莲花的心事，到寺庙去追寻那份空渺的意境。江南的古刹多半坐落在人迹稀少的深山，倘若不遇烧香季节，庙里总是透露出一种隔世的沉静与萧然。

也曾因为厌倦人世拥挤而去寺庙寻求清静，也曾随着纷繁的人流同去庙宇，更多的时候，我喜欢独自漫步在斜阳的山径，踩着落叶去寺里听暮鼓禅音。当那两扇厚重的木门合上时，仿佛我的前世也被关在里面，欲去叩门，却知道自己只是凡尘中的女子，那里本不是我的归宿。

于是，我有过很多次的徘徊，徘徊在寺院的门口，直到那些卖香烛的小店也陆续把门关上，直到那些为人称骨相面的江湖术士收摊归去，我才会怀着失落的心情离开。夕阳如梦，照见我孤单的身影，我却不知道该拾捡哪一条路，又该沿着谁的生命兀自行走。

其实，我常常会在烟雨时节去寺庙，踏着那条已被烟雾封锁的山林小径，撑一把淡色的雨伞，采几茎竹枝或荷叶，去寻找沐临山色生的庙宇楼阁。僧者们是否在庙宇聚会研经，汲取山中清泉，煮水烹茗，在漫长的出世生涯里，他们以烹茶品茗来消度光阴。"春烟寺院敲茶鼓，夕照楼台卓酒旗。"诗中描绘出茶鼓声下寺院幽静苍远的意态，隐隐地又透露出一种岁月的薄凉。

我不知道那些僧者是否会对年复一年的生活心生疲惫，面对绵密无休的烟雨而感到厌烦与浮躁。细细想来，这又是多么寻常，他们原本就不是飘然淡远的仙者，只是凡尘中的出世隐者，有着一颗比世人稍微平静些的心。

可这颗心经不起岁月的消磨，它也会生锈，也会在不经意的日子里邂逅平凡的感动，邂逅一些浮华的色彩。世间因果轮回，任谁也无法真正地挣脱。立于深深庭院，我不禁心生疼痛，也许世人向往的清净之处成了一些僧者囚禁身心的牢笼，那一座深院高墙又何尝不是万丈深渊？就连飞鸟也只是暂时栖息，它们最终都要带着轻松的心展翅飞翔，过尽万水千山。

我梦想着在深山古刹栽种菩提，梦想着在青石阶梯静扫落叶，梦想着擦拭佛陀身上的尘埃。可是我却无法肯定自己可以安稳地住下，无法肯定自己可以这样终此一生地重复，我无法肯定，我一入寺院，从此可以不再离开。

我还是想去寺庙，在薄暮的月色中走失，抱着一卷经书，借着清风明月行走在去庵庙蜿蜒的山路上。涉过重叠的山水，走完悠长的台阶，门环上的铜锁将我拒在高墙之外。我知道我不会在深夜敲开院门，不会乞求他们收容这个寻求安静的女子。

我也只是借着澄净的月光来此走上一遭，在石阶上端坐一晚，让所有的纷呈繁华都归于岑寂。我不奢望谁为我开启这道重门，更不奢望与他们一起灯下研经，月下听禅。倘若真有人开一道门容许我进去，说不定我会跪于蒲团上，铰断青丝，酬谢他慈悲的心肠。

事实上，我并不希望如此，我只想静坐一晚，在清寂里寻思着该以哪种适合自己的姿态生存，好好地过完这苦乐界限模糊的人生。我与寺庙只是有着一段难解的情缘，在过尽千帆的心境里仍渴望与它无言地相对。

原谅我这颗眷恋世俗的心，窗台的花还等着我去打理，桌几上的那阕词还等着我填完，小屋的尘埃还等着我去擦拭。天亮了，我就离去，这被夜露沾湿的轻衫，也得洗净晾干。

暮春的江南却依然带着些许寒意，心里满是生命潮汐的涌动，凭着这些感触，我知道，寺庙留给我的是久久的怅然。我是一棵无根无蒂的漂萍，游走于纷繁的城市，在倦累的时候，总是希望能寻求一处安静的所在。

于是，不管我去了哪座城市，可以不观赏繁华的街市，可以不品尝风味的美食，却不能不去寻找当地的寺庙。无论是名寺古迹，还是小庙深庵，我都要进去沾染一身的檀香味，换来片许的道骨仙风。庐山的东林寺、扬州的大明寺、镇江的金山寺、杭州的灵隐寺……都留下了我悄然的足迹与风一样的背影。

已记不得自己是带着怎样的心情去追寻空灵，那儿也许可以弥补我人生的某些缺陷，却无法遣去我灵魂深处的寂寞。我只是无数行者中的一个，只是平凡的香客，在人流涌动的寺庙同他们一起朝拜菩萨，看漠漠的烟尘飞扬，看尽人生的百态。

这一刻，我明白，人生无处不红尘，我们早已将红尘带进了寺庙，寺庙也只是红尘。当我踏出那道木质的门槛，又究竟是一种沉沦还是一种新生？在我回头的那一瞬，已记不起前世的梦，只是此生的结局是否也早已注定？我真的只是一个凡尘中的女子，渡不过生命的河流，在老去的时光里，我变得更加地木然与缓慢。

我不去寺庙，在如烟如梦的山霭雾岚之中，在遥尘隔世的庙宇宝殿，我的灵魂早已深藏在莲台的云端。今生我做不了一个飘然超逸的隐者，做不了一朵不染尘埃的白莲。我总以为，我最终会走进寺庙，栖居这疲倦的身心，我总以为，在我厌恶人世的时候，会选择在寺庙度过此生。

　　我多年来怀着古典的清愁，向往着山林清净的归所，可是无法不期盼有一个人将我珍惜，与我同老，我想这个人在哪儿，我梦里的归处就该在哪儿。寺庙的空灵让我无限地追忆，可是我已没有澄澈的心怀去守护那份纯净。

　　我是红尘中一只倦飞的鸟，尽管需要在寺院千年的梧桐树上栖身，需要在大殿的檐角上眺望远方，可是寺庙终究不是我最终的归宿。我的归宿在哪儿，我也不知道，只是在碌碌的尘寰独自行走，漫无边际地行走，没有尽头。谁来知晓我的冷暖，谁来用温柔呵护我这如莲的一生？

　　我不去寺庙，我怕佛会为我开启心门，我不想纵容自己透支着来世追寻山水空灵的梦。我是倦鸟，要寻找属于自己的巢穴。请允许我做个平凡的女子，拥有最平凡的幸福。

　　晨钟暮鼓虽然空渺，却唤不回我人世多年的心。氤氲香雾纵然迷离，却无法荡尽世俗的尘痕，千年梧桐纵然阴凉，却无法遮住盛世的天空。无论我有多么想要逃离，无论我多么想要放弃，无论我多么地欢喜寺庙那一方清净，哪怕是徘徊在禅境的边缘，都是好的。

　　可我不去寺庙，我怕走进去会再次迷失自己，我不能让红尘荒废了我，我也不能荒废了红尘。纵然山水都穷尽，纵然沧海化桑田，纵然拼却年华，我也不能。我有一头秀发，是否要等到迟暮之龄，才会开花？如果是这样，那我期待在瞬间老去。我不去寺庙，我只想要一个安定的家，在朴素的真实中安顿这脆弱的灵魂。

　　夏季将要来临，我不去寺庙，已有好多年。天地无言，群山静默，流水也失去了原来的韵脚，曾经蚀骨的疼痛恍如隔世，心已不再泛起层叠的涟漪。然而这一切，并不是因为我不去寺庙。

　　这些年的逃避并没有让我停止过对寺庙的向往。一些事情经历过了，也就不会再去计较得失。今夜，我将经书翻出来拿到月光底下打量，在书页里，层层叠叠夹满了许多去寺庙的门票，那些五彩的香花券，记载着我曾经行走过的足迹。在书页苍黄的那一角，我写下了几个字：原来，我去寺庙，已有好多年。

我不弹古筝好多年

我是打算写这样一个系列，在过往岁月里拾捡那散落的记忆，在烟云故事的底色上寻觅那淡然的忧伤，在人生况味的背景里邂逅那缕缕的沁凉。沿着生命的河流去回首往事，那些被时间碾过的痕迹，亦不过是道明人生不能避免的遗憾。

也许只有静止才是大美，它可以丈量岁月的高度，也可以洞穿世事的薄凉。于是，一切风云都已然静止，离合悲欢本就是人生的道具，平淡的日子里，尚可以自寻其乐，空心亦能够欢喜。

你听过流水的声音吗？在寂寞的青山上，在无言的回风里，在变幻的流云端，那透明清亮的水线，镶绣在岩石碧草之间，山泉与飞瀑以雪花的姿态、纷呈的美丽做一次蔚蓝的回归。高山巍峨，流水潺潺，伯牙的琴声送走了低飞的倦鸟，送走了倾斜的落日。那玉坠珠倾的高雅，余音绕梁的琴音，世间只有一个人能够懂得，也只要一个人懂得。子期就是他的山川草木情，是他的天地万物心，是他今生至美的风景。

这样一个高山流水的故事曾深深地打动我年幼的心灵，自那之后我便坚心要弹古筝，因为我坚信，那跳动的丝弦、优美的旋律，可以闪烁自然的澄澈，可以荡涤世俗的尘埃，可以让我遇着一个两两相望、不离不弃的知音。在清澈的年华里，在纷繁的人世间，我会用心来守护这份最初与最后的纯净。

就是那样地不经意，我邂逅了梦里梦外都念着的古筝。当我漫步在校园翠竹丛生的小径，看各色花瓣飘散，阳光透过竹叶的缝隙洒落在我的发梢，那七彩的光恍若眼睫的梦呓，湖泊的睡莲绽开着绚丽的朵儿。

古筝响起的时候，我的心好一阵悸动，仿佛心中的弦就这样被人轻拨。筝声是从湖畔的石屋传来的，流动的音弦，若淙淙的回溪，若滴翠晶莹的晨露，若穿成珠帘的精灵，在生命中轻盈流淌。我不敢缓步，我害怕花落地的声响会惊扰那个弹筝的女子。

是的，我虽然未见着弹筝的人，但我能断定她是一个女子，一个端庄高雅的女子。我想象着她着一身古典的白纱衣、绿罗裙，绾长发成髻，斜插一支碧玉簪，有着倾城的容颜，有着柔软的心事。

那时的我十三岁之龄，还没有太多的怀古清愁，还不懂得太多的世情悲欢，却在书中读过这样的女子，在梦里听过这样的乐声。筝声静止，琴韵依旧流转，我立在那儿，心中久久怅然。不敢去惊扰弹筝的人，怕她看到我沉醉的眼神，怕她笑我不解琴音，怕所有的感触只是华丽的虚无。选择悄然地离去，不惊扰那拂弦之人的一帘幽梦。

我弹古筝，只因高山流水的知音，只因这段未曾谋面的邂逅。没有启蒙的老师，没有青山的背景，没有流水的底色，只是在临着蓝色的窗牖，临着清凉的月光。那些个烟雨春色的江南，那些个明月清风的日子，在无意间暗合了我少女如梦的心境，滋润我善感的心灵。

思想在风雅无边的意境里来回地飘荡，我素手拂动琴弦，弹奏千年的琴音，那流动的音调，在青春里留下温情的痕迹。筝声响起的时候，所有的浮躁都已沉淀，所有的寒凉都已褪去，所有的疼痛都已背离，余下的只是温柔的缠绵。从此，相思已生长，忧伤也有了别样的韵味。从此，知道了红了樱桃，绿了芭蕉，流光容易把人抛。

我弹古筝，就像穿旗袍，渐渐地弹出一种风景。一袭白纱裙，一袭素雅的旗袍，一袭披肩长发，不抹胭脂不染口红，不画眉黛不绾秀鬒。白色的帷幕后面隐藏着我弹古筝的背影，纤柔的手指在琴弦上舞着优美的姿态，窗内有迷离的痴者，窗外有多情的明月。而我只是沉醉在自己的筝声中，放下了俗尘的一切，带着出世的感伤，没有纷扰与欲求。

生命中的情缘又有多少？命定之约又还会有些什么？一袭旗袍？一张古筝？一管清箫？抑或是一卷水墨画？还是一个知我冷暖，许我山盟海誓，与我不离不弃的人？当筝声远去，繁华岑寂，那弯明月是否还会遥挂天边？那些痴者记住的是弹筝的人还是那流动的曲子？

人生的忧伤莫过于此，彼此都只是红尘过客，当生命若流水般逝去的时候，再多美丽的记忆都会沉寂，再多浮华的过往都会消散。所以，今生我愿意做一剪白色的寒梅，寂寞地开落，不问世情风霜，不管悲欢离合，过着淡定平静的日子。

我弹古筝，以青山为盟，以流水为誓，只是想要找到一个荷花般淡雅的知己。许多个风声雨声的夜，许多个明月当空的夜，只有琴音相伴，而那个懂我琴音的人又在哪里？仿佛世间所有的情缘都将与我擦肩而过，仿佛我手中的琴弦已替我尝尽了人间悲欢，仿佛我的心已在琴音中过尽千帆。

红尘依旧，容颜渐老，我焚香弹筝，试图穿过千年的风景，去邂逅那对高山流水的知音。曾经的伯牙与子期都已隔世，漠漠尘缘，抵不过时间的蹉跎，抵不过自然的流转。我也想怀抱古筝坐在巍巍的高山上，在山花、绿草、流水汇聚的地方，等待一场约定。只是世间的事可遇不可求，哪怕我坐断黄昏，坐尽岁月，也未必能等到那个知音。青春老去，生命荒芜，也许到最后换来的会是空山空水、无爱无恨的境界。

直到有那么一天，我的手搁在古筝上，却拨不动一根琴弦。恍然才感觉到古筝原是这样地陌生，原来我的心早已寂寥。望着那张陪伴我多年的古筝，总觉得我的人生还欠缺着关键的一根弦，可谁能告诉我这根弦是什么？是久久觅不到知音的遗憾，还是已在指间悄然滑过的悲凉？不想再去寻找缘由，生命本是这般脆弱，没有什么悲喜值得去认定一生。

我不弹古筝，我不想自我沉沦，那些古典的情结已被世人淡漠，他们不再需要山水为人生的背景，不再需要丝弦清音抚慰灵魂，不再相信高山流水的知己。许多的心灵已经疲倦，许多的眼睛已经蒙尘，古筝只成了世人附庸风雅的道具，那份宁静至极的境界又有几人可以抵达？生命如此之轻，又何必去期待什么命定情缘？期待什么红叶信约？前世的梦早已记不起，今生的也行将忘却，又如何去赶赴来生？

江南烟雨依旧，楼台水榭犹存，莲花一如既往地舒展粉朵，轻挽云袖的女子却不似从前。梦里清欢，云水声寒，我不弹古筝已有好多年。曾经的故事已远去，亦不复重来，那些纯美的情怀也染了浮世的悲哀。我不弹古筝，那古筝搁在被光阴遗忘的角落，落满了岁月风尘，再也流淌不出绝世的清音。

可是在这梅雨时节，一曲《高山流水》依然打动了我的心，伫立在窗前，看院墙的青苔兀自斑驳，看窗外的叶子无声地飘零，看水池的莲花寂寞地开着。古筝的清音在心间缓缓地流淌，拨动我锈蚀的心弦，凭着这感触，我知道，原来，我弹古筝已有好多年。

后记

禅若心莲

仿佛在一夜之间就到了深秋，因为我在风中闻到一种凉，是深秋独有的凉。萧索、干净，让心微醉，却也神伤。季节就是如此，从来不需要对任何人诉说，兀自流走更替。此时的莲花已经凋零，池塘里铺陈着枯枝残梗，转身的时候，给这世间做着最后的告别。可我始终相信，有一朵心莲，会一直在秋水中静静地开放。这朵心莲就像一盏洁净的心灯，将漫漫世路照亮，给迷惘的众生以光明，以温暖。

我们带着使命来到人世间，各尽所职。在陌上红尘行走，总是会被漫天飞扬的尘埃砸伤，在不能抵抗的宿命里，我们所能做的，就是舔血自疗。我终于明白，为何这么多的人说禅、信缘，那是因为彼此那颗饱尝烟火世味的心，需要寻求一份清淡如水的宁静。而禅却可以用其清澈来擦拭这个繁复的人间，让起伏纷乱的心渐次安静平和。也许我们做不了一枝出淤泥而不染的莲，但是可以做一株水畔的芦苇，或是一朵篱前的霜菊，枕着前世未醒的梦，归入今生无尽的风尘。

世间万物皆有佛性，世间之人皆有禅心。许多人寄身于尘世，心中其实清明醒透。我们与佛境不过隔着一条江岸、一篱栅栏、一道门槛、一载春秋，悟得早的人轻易就抵达了彼岸，悟得晚的人则还在此岸彷徨。在阡陌纵横、乱云飞渡的人世间，我们时常会感到孤独，心辽阔得没有边际。如果把想要说的话、想要爱的人、想要做的事镶嵌在一株菩提中，看着它随流年一起长成参天的回忆，这样是不是就可以填补人生玄妙的虚空？

在岁月迂回的巷陌，我们难免月迷津渡，而那些长满青苔的山林古刹，则是你我一夜的归宿。总有钟鼓回荡在黄昏的路径，悠然而缥缈，像是一种无言的召唤，我们会不由自主地随它遁迹荒林，结束一段有如落叶的旅程。也学僧者盘膝静坐，泡一壶闲茶，在氤氲的茶雾中，想象每一滴水凝聚的含容，每一片细芽绽放的美丽。至于是何种芬芳，又是哪般味道，似乎并不重要。我们所要的只是一种品茶的意境，一壶茶足以酝酿出一剪静谧的禅意。秋水汤汤，绿波无尘。霜菊一梦，只在南山。这就是茶的光阴，以浊为清，以苦为欢。

其实我们每个人都明白，人生是一本薄厚不同的折子戏，无论你以哪种方式、哪种心情、哪种演技，从开始到落幕，每个章节和片段，都是你必然要完成的。有些人倾尽所有，只为了营造一种强大的气场，试图感染更多的人，却不知醉倒在午夜的是自己。有些人只想低调活着，在冷清的场地，把寂寞舞给自己的影子，反而拥有了一颗本真的心。我们所能做的只有两种选择，或做一朵荼蘼花，开得冷艳又妖娆；或做一棵含羞草，长得平凡而素简。

　　一个人的心，最热闹，也最寂寞；渴望爱，又害怕被爱。因为有些看似很近的距离，伸出双手，却什么也抓不到；有些看似遥远的地方，却触手可及。在平淡的生活中，我们自以为深藏不露，于佛的眼神里，早已袒露无疑。我们之所以愿意心向菩提，是因为佛有着高远的悟性和智慧，他宽容而慈悲。落入迷境之时，佛祖拈花一笑，就可以使你我豁然开悟。而世人心中以为高深的禅机，其实亦是那么简单。一点禅机，有如晨晓一片出岫的白云，午后一束稀疏的光影，黄昏一抹醉人的晚霞，夜晚一剪清凉的月光。

　　在明天到来之前，让我们都好好地珍惜今天，尽管昨天的回忆很美丽，但谁也不需要在回忆中来求证过去的自己。如果你觉得心被苔藓包裹，请相信你只不过是一个提前老去的人，比别人早一些经历了沧海与桑田。在参禅的路上，没有谁是最早的那一个，也没有谁是最迟的那一个。有的人早早地寻到了归宿，有的人永远在行走。从来都以为是时间在将我们追赶，竟不知道，我们也可以催促时间。

　　既知人生萍水，聚散不定，缥缈浮云，幻灭无常，莫如持有一颗平常心，不为稍纵即逝的光阴而叹息不已，亦不为真实永恒的自然而暗自愉悦。来者已来，去者已去，忘记开始，淡漠结局。做一个善良的人、干净的人，为了你，为了我，为了芸芸众生。有一天，当你我都无所适从的时候，请记得，《金刚经》有这么一句偈语："一切有为法，如梦幻泡影，如露亦如电，应作如是观。"

　　　　　　　　　　　　　　　　　　　　白落梅

做一株水畔的芦苇，一朵篱前的霜菊，
枕着前世未醒的梦，归入今生无尽的风尘

图书在版编目（CIP）数据

你途经过我倾城的时光 / 白落梅著 . —长沙：湖南文艺出版社，2018.1
ISBN 978-7-5404-8411-8

Ⅰ . ①你… Ⅱ . ①白… Ⅲ . ①散文集—中国—当代 Ⅳ . ① I267

中国版本图书馆 CIP 数据核字（2017）第 313167 号

上架建议：畅销书·文学

NI TUJING GUO WO QINGCHENG DE SHIGUANG
你途经过我倾城的时光

作　　者：白落梅
出 版 人：曾赛丰
责任编辑：薛　健　刘诗哲
监　　制：于向勇　秦　青
策划编辑：刘　毅
文案编辑：王槐鑫
营销编辑：刘晓晨　罗　昕　刘　迪
封面设计：末末美书
版式设计：潘雪琴
封面插图：呼葱觅蒜
内文插图：妖　酥
出版发行：湖南文艺出版社
　　　　　（长沙市雨花区东二环一段 508 号　邮编：410014）
网　　址：www.hnwy.net
印　　刷：三河市中晟雅豪印务有限公司
经　　销：新华书店
开　　本：875mm×1270mm　1/32
字　　数：200 千字
印　　张：8
版　　次：2018 年 1 月第 1 版
印　　次：2018 年 1 月第 1 次印刷
书　　号：ISBN 978-7-5404-8411-8
定　　价：38.00 元

若有质量问题，请致电质量监督电话：010-59096394
团购电话：010-59320018